Esforços olímpicos

Anelise Chen

Esforços olímpicos

tradução
Rogerio W. Galindo

todavia

Para J. & T.

A arte da natação 11
Antes e depois 21
Continue no curso atual 51
Olimpíadas da alma 101
Los Angeles 149
Quando a meta é o infinito 191
Para você eu arremesso 221

Então, como foi a sua noite ontem? Conseguiu dormir? Teve pesadelos? Estava muito irritado? A partida teve uma lógica ou um ritmo próprio. Às vezes ficava meio louca ou surreal. Você chegou a sentir como se ali fosse um tipo diferente de espaço? Pode descrever qual foi a sensação à medida que a partida não tinha fim? Você ficava jogando as mãos para o ar, como que, para dizer, O que é que eu posso fazer? Você acha que tem como continuar ganhando? Até onde acha que pode ir? Você acha que a partida vai ser lembrada pela qualidade ou somente pela duração? Consegue estimar quantas bananas você comeu? Quantas garrafinhas de água tomou? Quantas vezes trocou de camisa? A que horas você foi mesmo pra cama? Tem algo que o mantenha paciente e mentalmente ligado no que acontece, algum tipo de palavra mágica? No final, foi a vontade de ganhar ou o medo do fracasso que o levou a se superar? Houve algum momento ontem em que você achou que ia ter de parar por causa da exaustão? Essa ideia continua na sua cabeça? Ainda persiste?

— Perguntas feitas durante a entrevista coletiva com John Isner em 24 de julho de 2010, depois da mais longa partida de tênis de todos os tempos.

A arte da natação

Alguns anos atrás, um colega, quando soube de minha pesquisa com ênfase em esporte, contou-me uma anedota sobre um patinador de velocidade olímpico que, momentos antes da corrida, ficou sabendo que a irmã que amava tinha morrido de câncer. Conhecendo o gênero de história, seria de imaginar que ele tenha se lançado a uma vitória certa. Ao contrário, o patinador cai, não uma, mas duas vezes, e fica lá, no gelo, com as mãos cobrindo o rosto.

Apenas seis anos mais tarde o patinador resignado leva a história à sua conclusão "natural" triunfando onde antes havia fracassado. Depois de conquistar a medalha de ouro, ele levanta a filha recém-nascida no ar enquanto circula pelo rinque em uma volta olímpica há muito adiada. Por afeição, ela foi batizada com o mesmo nome da irmã dele.

—

A lição aqui parece bastante simples. Mesmo depois do acidente que nos imobilizou no gelo, ainda temos a opção de seguir em frente.

Enquanto você se recusar a desistir, ainda é possível vencer.

—

Talvez seja por isso que escolhi estudar esportes.

Pode ser que eu tenha acreditado que o esporte fosse me salvar do cinismo.

—

Estou pensando em tudo isso sentada em meu canto habitual da academia, um pedaço sujo de carpete roxo que dá vista para a piscina, com meus livros e anotações servindo de trincheira à minha volta.

Graças às intervenções positivas de minha orientadora, o departamento permitiu que eu trabalhasse por mais um semestre como monitora. O que significa que posso continuar matriculada, mas preciso pagar a taxa de matrícula.

Tecnicamente, eu não devia ter essa oportunidade. Já passei do "tempo regulamentar", o que quer dizer que estou no programa de Estudos Americanos há mais de sete anos — mais do que pensam ser favorável a mim e a eles.

—

Claro que há outros lugares mais adequados para trabalhar em minha tese do que aqui ao lado da piscina na academia da faculdade.

O andar superior da biblioteca da universidade tem um departamento completo projetado para facilitar a conclusão de teses de doutorado. A sala tem janelas, vista panorâmica, micro-ondas e várias fileiras de cadeiras ergométricas, do tipo que tem encosto de tela, ajustável, daquelas que você pode afundar o corpo todo. Eu podia passar dias sentada em uma dessas.

No entanto, é aqui que eu fico na maior parte dos dias.

Em certo sentido, a piscina é calmante. A umidade morna na academia parece mais humana, mais parecida com a respiração do que o ajuste burocrático de temperatura da biblioteca, programado exclusivamente para impedir o crescimento de micróbios nos livros e na mobília.

Acho que ficar aqui ajuda. O cheiro do cloro faz bem. A explosão do cheiro quando abro a porta. É o cheiro da ansiedade, da expectativa, da necessidade urgente de ter um bom desempenho. Aquela sensação de se apaixonar: é a mesma coisa.

—

De cima, nadar parece algo que não exige esforço. Os nadadores deslizam pela superfície como canoas velozes. Sem pistas que indiquem a distância percorrida ou a altura atingida, é fácil esquecer a fadiga dissimulada por trás do feito. É fácil esquecer que a água é pesada e que passar através dela exige uma força tremenda. É só de perto que se ouve a respiração entrecortada, os braços batendo impetuosamente contra o ruído do ponteiro do relógio.

—

Afinal, a resistência diária de viver é um esforço necessário. Nossa musculatura é projetada para resistir.

—

Uma noite dessas, na festa da Jenny — ela comemorava a escapada da vida acadêmica, depois de conseguir emprego como administradora de uma galeria —, todos, sentindo meio que pena de nós mesmos, mas também meio dissimulados em nosso sofrimento, ficamos tentando impressionar a anfitriã com nossos padecimentos físicos.

Jack relatou que tinha escrito trinta e duas mil palavras da tese com torcicolo. Depois de anos debruçado sobre livros, todas as fibras dos músculos tinham se cristalizado em uma camada inflexível que não permite nem mesmo a passagem de agulhas de acupuntura. Ele disse que tentou fazer automassagem no pescoço, mas só piorou os nervos. A dor "ribombava" (que palavra maravilhosa), subia e descia a noite toda como um trem. Agora ele tem receio de ir a um massagista profissional e não ousa encostar no pescoço de jeito nenhum.

George, tão bonito e seguro quando acordado, range os dentes até desgastá-los enquanto dorme. É como se fosse um castor diligente, mas sem a parte dos dentes que se regeneram. O dentista implora que ele use a placa protetora, mas sabe-se lá como ela sempre vai parar do outro lado do quarto. Talvez ele a arremesse. Às vezes acorda ouvindo o som desagradável gerado em sua boca. Um instrumento macabro. As mandíbulas doem o dia inteiro. Espanto-me quando ele mostra os molares lisos, planos, mas também sinto uma ponta de inveja. George é meu amigo mais brilhante.

Quando comparo meus males físicos menores, vejo a prova da minha falta de comprometimento com o mundo acadêmico. Claro, meus joelhos doem por passar tantas horas de pernas cruzadas no carpete do ginásio. Sinto que a parte inferior de minha lombar está calcificando em uma conformação deformada. É preciso parar de tempos em tempos para massagear os pulsos. Acho que pode ser síndrome do túnel do carpo, mas o diagnóstico ia exigir a confirmação de um especialista. A maior parte do tempo eu digito com os polegares.

No fim, nossas atuações fazem com que a gente se sinta meio patética, mas Jenny não se sente depreciada. Acho que sem querer demos a ela o dom da convicção.

—

Surpreendo-me observando os nadadores por longo tempo. Minutos, muitos, não sei quantos. Analiso a braçada de cada nadador para identificar onde se rendem à ineficiência. Quero descer e dizer, Sabe, podia ser bem mais fácil. Se eles soubessem.

—

A disciplina que estou ministrando como monitora neste semestre é sobre "manifestações neoliberais do esporte", dirigida a alunos em fim de graduação. Confiro as anotações que fiz na aula do dia anterior. Tem alguma coisa a ver com bolas. "A bola é um *tertium quid* — aquela terceira coisa indefinida." E depois, não sei bem por que cargas-d'água, a frase "hegelianismo desbotado".

—

Quando há um espaço de tempo entre o momento em que faço a anotação e no qual a confiro, tendo a esquecer o contexto em que aquilo foi dito, e daí a anotação torna-se irrelevante.

De algum jeito vou conseguir entender. Depois. Se é que em algum momento vou parar para isso.

—

Estou quase encerrando o dia quando Louis liga. Sei que deve ser urgente. Quem liga para os outros hoje em dia? Fico encarando o telefone vibrando em minha mão. Não atendo. Cai na caixa de mensagens.

—

Estou sentada enrolada, bem encolhida, peito contra as coxas, o telefone quente encostado na orelha. Uma das palmas da mão está fortemente pressionada contra a outra para abafar o eco e o barulho da água.

Paul morreu, Louis está dizendo. Ele não aguentava mais. Estava cansado demais.

Aguentar o quê? Eu quero gritar. O que há para aguentar? Eu realmente quero saber.

—

Passa pela minha cabeça que talvez seja uma piada de mau gosto. Na faculdade, era comum que Paul se deixasse levar pelo impulso incontrolável de testar nossa consideração por ele ao fingir estar com problemas. Será que íamos ajudar? Será que íamos salvá-lo? Em pouco tempo, Louis e eu estávamos bem treinados, recusando-nos a ajudá-lo. Como resposta, as pegadinhas ficaram cada vez mais elaboradas, envolvendo atores e custos de produção: um dólar para cada estranho que se dispusesse a espalhar boato.

—

"Você está brincando", eu insisto.

Embora lá no fundo eu saiba que desta vez Louis está dizendo a verdade.

—

O funeral do Paul vai ser no sábado, mas não tem como eu conseguir atravessar o país de avião. Sim, Louis concorda. Melhor se você não for.

—

Minutos se passaram, mas quantos?

—

O movimento ondulante abaixo é como um papel de parede entediante ou um bebedouro de escritório: visual sem som.

—

É possível que Paul tenha se esquecido de mim. Não nos falávamos havia anos. Só porque fomos melhores amigos na faculdade não quer dizer que a gente tenha importância um para o outro hoje em dia.

—

As luzes do ginásio oscilam. A zeladora aproxima-se, empurrando um carrinho barulhento de limpeza com rodinhas. É hora de ir para casa, ela diz. Encaro-a de minha posição abaixo, onde estou como um artista no metrô ou um cachorro tristonho. Finalmente levanto e saio. Continua a nevar.

Antes e depois

A notícia estremece durante dias, reposicionando todos os continentes mentais. Louis e eu falamos mais algumas vezes por telefone enquanto tentamos processar o acontecimento. O que se recompõe é como um quebra-cabeça desorganizado. Passamos longe de entender Paul.

—

O fato de termos gravitado uns em torno dos outros com coordenadas tão erradas faz com que Louis e eu nos tratemos com mais ternura. Falamos quase sussurrando um com o outro, como psicólogos de alunos de ensino fundamental, como alguém que visita doentes com medo de romper a membrana da sanidade.

—

Afinal, o evento comprova que não é difícil passar de um estado para outro. Você cruza a linha de chegada — é uma simples demarcação — e deixa de ser alguém que está em movimento para ser alguém que já acabou. É fácil como esticar o pescoço para a foto na linha de chegada. É fácil como cruzar uma porta.

—

No fim das contas, somente parentes foram ao funeral, além de algumas pessoas não muito próximas a Paul. Louis me conta que encontraram um bilhete no bolso da calça do Paul que continha as senhas de várias contas e instruções sobre como dividir os pertences dele. A outra parte era dirigida a parentes e amigos. Louis hesita.

"Ah", eu digo. "Tudo bem. Eu não preciso saber o que diz. Na verdade, acho até melhor não saber."

—

Nessa época, tudo aconteceu ou "antes" ou "depois" da notícia. Será que lavei roupa "depois" da notícia? Parece que não. Já se passou mais ou menos uma semana.

—

Sinto um entorpecimento no corpo ainda não terminal. Uma pequena ruptura surgiu, mas continuo me sentindo suficientemente leve para que a vida me carregue como um barco avariado atingido pela chuva.

—

Se tiver construído a vida e a estrutura for bem sólida, é possível se refugiar nela sem maiores problemas. Ou melhor, se refugiar na vida é o procedimento padrão, independentemente de você ter construído uma boa vida.

Quando digo "vida" estou falando do pequeno ciclo de rotinas que pratico como uma prece. Abro os olhos, caminho até a biblioteca ou o ginásio, faço alterações em minha tese até ter fome, aí vou para casa. Às vezes consigo ver os amigos. Essa vida é pontuada aqui e ali por prazos que me apavoram e interações com figuras influentes, mas sempre consigo superar com períodos amenos depois. É assim que me mantenho "equilibrada".

—

O pensamento que se segue passa pela minha cabeça com frequência cada vez maior: "A vida cotidiana já é extenuante o suficiente". O suficiente para quê? Nem sei direito o que quero dizer. Carrego o cesto de roupa para lavar por seis lances de escada na descida, carrego o cesto de roupas para cima, carrego a bicicleta para baixo, carrego as compras para cima, carrego os livros para baixo, carrego os novos para cima, para cima e para baixo, para cima e para baixo.

—

Alguns dias depois, porém, um novo pensamento passa a fazer parte do meu repertório: "Eu não vou dar conta". Como reação, reflito: "Você só tem que seguir em frente". Esses pensamentos confrontam-se enquanto permaneço como árbitra. É um trabalho exigente. Geralmente quando passa um trem ou caminhão carregado, o estrondo silencia momentaneamente os pensamentos; no entanto, é um tipo de silêncio extremamente desagradável.

—

Em 1902, durante uma partida de futebol entre Escócia e Inglaterra, o estádio no Ibrox Park em Glasgow ruiu. Tinha chovido na noite anterior, e o terreno se deslocara. Vinte e cinco pessoas morreram ao cair de uma altura de dez metros, e 517 ficaram feridas. Inacreditavelmente, depois do desabamento, os jogadores tiveram permissão para continuar o jogo a fim de evitar uma corrida desenfreada rumo às saídas. Muita gente na arquibancada não percebeu o que tinha acontecido e continuou, distraidamente, a se divertir com o jogo.

—

No noticiário de hoje: bancários pulando de pontes, consultores metendo armas na boca. Um executivo dirigiu-se até o meio de uma reserva florestal para cometer o suicídio.

—

Estou só tentando fazer o melhor que posso para "não desmoronar". Acho que ninguém percebeu.

—

Amanhã tenho de ir a Chicago para apresentar um artigo em uma conferência acadêmica. Agora mesmo minha orientadora enviou um e-mail para verificar se preciso trocar uma ideia por telefone. Ela quer me lembrar que meu objetivo é encontrar colegas para "trocar contatos" para esquivar-se de ser o único bote salva-vidas à minha disposição.

No começo, toda vez que o nome de Meena surgia em minha caixa de entrada eu ficava empolgada, era como se tivesse recebido um prêmio. Ela é uma historiadora marxista renomada, e ter o aval dela para meu futuro foi como dispor de uma sucessão de portas se abrindo à medida que me aproximava. No entanto, nos dias de hoje, as portas se abrem com mais resistência. Agora pedem minhas credenciais e me olham dos pés à cabeça. Não sei, mas acho que é o que querem dizer quando alguém "pisou na bola".

O tempo todo enquanto conversamos, fico tentando descobrir o momento exato em que consegui engambelar minha orientadora e levá-la a acreditar que eu fosse merecedora de seu apoio, só assim vou poder tentar corrigir esse mal-entendido. Um modo de reduzir a pressão, imagino.

—

Para chegar à conferência, pego um avião, uma van, depois ando trezentos metros até o hotel.

É exaustivo ter de transportar um corpo, uma mala e uma cabeça cheia de pensamentos.

—

Na recepção, recebemos crachás de plástico com nossos nomes para afixar no peito. Sou "Athena Chen: Universidade de Nova York". Outros são de universidades desconhecidas, lugares longínquos. Há contingentes inteiros que não reconheço. Que faculdades são essas, e será que deveria estar preocupada?

—

Até agora ninguém pediu que eu demonstrasse meu conhecimento sobre esportes.

—

Há um coquetel para que o pessoal se conheça no salão de festas do hotel, mas me pego andando meio ao acaso rumo ao saguão para assistir às Olimpíadas de Inverno de Vancouver. Por que agendaram uma conferência sobre esportes coincidindo com as Olimpíadas? Com certeza não sou a única acadêmica chateada por perder as transmissões ao vivo. Será que a ideia era ter um cenário bacana para atividades que, na verdade, são meio sem sentido? O que também parece ser um teste para conferir o quanto somos dedicados.

—

Neste exato instante, Lindsey Vonn esquia com um dos pés torcido, que causa dores lancinantes até quando coloca as botas de esqui. O tempo está piorando. Está nublado, e a visibilidade é ruim. Será que nossa campeã vai conseguir outra medalha nessas condições? Ah, tudo que está em jogo!

A câmera dá um zoom em Vonn no portão de largada. Ela enfia os bastões na neve e sai rumo ao lúgubre branco. Faz a primeira curva. O corpo inclina, depois se endireita, preciso como um metrônomo. Sem erros. O comentarista narra algo sobre três décimos de segundo.

De repente, em um flash, Vonn derrapa fora do trajeto deixando um rastro de neve, parecendo vapor. O comentarista ofegante. "Abatida", eles estão dizendo. Os rostos na multidão estão perplexos e vermelhos de frio. Os médicos trabalham rápido para desembaraçá-la das redes azuis. "Ela está bem!", eles gritam. É um milagre! Vonn se levanta e acena.

Por causa do acidente de Vonn, a parceira de equipe Julia Mancuso recebe uma bandeirada e é obrigada a recomeçar o trajeto.

O que gera uma grande desvantagem por causa das tecnicidades da cera do esqui e das condições do tempo que vão piorando, além da perda geral de concentração.

Mancuso, ao cruzar a linha de chegada, enfia o rosto entre as mãos e chora.

—

Ganhando ou perdendo, o espetáculo é emocionante. É possível se atirar com segurança montanha abaixo, suportando voluntariamente anos treinando e enfrentando a monotonia e as dificuldades, além da infelicidade, para a satisfação dessa única meta profundamente significativa. Caso se decida que é o que tem sentido.

Esse belga no luge, por exemplo. Está deslizando rápido demais. O comentarista diz que é a maior velocidade possível para alguém deslizar no luge em segurança nessas condições climáticas: o sol de Vancouver derreteu o gelo.

Poucos dias antes, outro competidor de luge saiu da pista e foi arremessado, em uma situação dramática, contra um pilar de aço.

Esse belga está fazendo as mesmas manobras mortais, diz o comentarista, como se pudesse haver uma estratégia para cair em alta velocidade em uma rampa de gelo. Para mim, parece que ele está simplesmente se agarrando à beira do trenó, torcendo para chegar bem do outro lado.

—

Na manhã seguinte, acordo cedo. Faço anotações para a minha fala e as coloco sobre a cama. É habitual em nosso meio incluir alguma menção sobre qual esporte praticávamos ou por que desistimos. É como se nós estivéssemos barganhando com um técnico invisível, devastando a mente para descobrir por que merecemos parar. Quanto mais bem-sucedido o acadêmico tiver sido no esporte que praticava, mais harmoniosa será a menção. Tentei cortar aqui, realçar ali, mas minha justificativa não é dramática. Eu nadava, fiquei mais lenta, parei.

—

Continuava a me surpreender toda vez que me olhava no espelho de relance. Talvez por jamais ter ficado sabendo qual era minha aparência antes de parar de nadar. Por anos, achei que a cor natural de minha pele fosse marrom. Meu cabelo farto, preto, que por causa do cloro ficava louro pálido, esverdeado, jamais cresceu além dos ombros porque as pontas secavam e se desintegravam. Era como ter um corte de cabelo permanente, que se automantinha.

Quando criança minhas histórias preferidas eram sobre animais adotados por espécies diferentes. Meus pais, imigrantes de Taiwan, pouco familiarizados com a ideia de competições esportivas, frequentemente olhavam espantados para mim. Encarava-os com a aparência de um panda surpreso, os círculos brancos dos óculos em meio ao bronzeado. O lugar para gente como eu era a piscina. Gente como eu se entupia de barrinhas de granola e tirava sonecas na frente dos outros sem o menor pudor. Gente como eu ficava com as costas encurvadas. É como se em terra — com ausência da compressão da água — fôssemos incapazes de nos contrapor à força da gravidade.

—

Depois de parar de nadar, eu me lembro de observar o lento desaparecimento das minhas marcas de bronzeado. A marca em X em minhas costas foi a primeira a sumir. A transformação do restante do corpo demorou um pouco mais. Perdi muito peso.

Meus ombros ficaram mais estreitos, e minhas costas perderam seus volumosos cumes e vales. Logo eu parecia uma pessoa normal, livre da natação.

—

E hoje? Analiso com cuidado meu reflexo no espelho do banheiro. Cabelos curtos pretos, uma aparência pouco saudável, magra, lábios inexpressivos. Sob o brilho implacável das luzes da beleza, pareço mais pálida do que nunca.

—

No quiosque de café da conferência: dois homens discutem o recente suicídio de um goleiro alemão, Robert Enke. Um deles pergunta: Você acha que o fardo de ser goleiro profissional é mais do que uma pessoa consegue suportar? O outro dá de ombros: Bom, mas tem goleiro que aguenta a pressão muito bem.

—

Ao menos há certa honra em apresentar um artigo em uma sala que progressivamente torna-se mais abafada em virtude do calor dos corpos e das exalações coletivas. O que faz parecer um clima de conversa em volta da lareira. Muito melhor que fazer a apresentação em uma sala gelada como uma caverna ou arejada como embaixo de um píer. Todos aqueles lugares escuros, não percorridos.

—

Pergunta: Por que os integrantes da banca parecem incomodados? Fazem anotações com afinco em seus cadernos enquanto falo. Fico imaginando o que estarão escrevendo.

Resposta: Um rapaz na plateia levanta a mão. "Não parece meio irresponsável afirmar que a cultura popular não explorou a ideia heideggeriana de clareira como *locus* de possibilidade? Acho chocante que você não tenha mencionado o excelente filme *Campo dos sonhos*."

Um segundo sujeito na primeira fileira concordou com um gesto de cabeça, enérgico. Ele dá um golpe em um livro e o agita no ar como se fosse uma prova. Um terceiro sai da cadeira e foge da sala agachado, indicativo universal para "sou invisível". Também quero me abaixar e desaparecer.

—

Depois de fazer networking com cinco pessoas, o número que escrevi na palma da mão como lembrete de minha tarefa, compro uma garrafa de vinho e fujo para meu quarto.

O que é que tem? Assistir às Olimpíadas é obrigação para mim, então em certo sentido ainda estou trabalhando.

—

Domingo. Quero muito passar outra noite no hotel para continuar assistindo às Olimpíadas. Do lado de fora, a luz refletindo as ruas pálidas, alvejadas pelo sal, dá ao mundo a aparência de uma imagem superexposta. Não sei o que exatamente eu deveria querer lá de fora — um táxi?

—

Ao chegar em casa, tomo um pouco de vinho e os comprimidos que o psiquiatra alertou para jamais tomar com álcool. Sento no computador e começo a procurar. Por que não há vídeos de atletas que desistem? De toureiros lançando as mãos para o alto e se afastando dos touros que têm de matar? *Já deu! Pra mim, chega!* Será que não há esses vídeos porque podemos ter empatia demasiada com a desistência? Tomo mais um pouco de vinho e mais meio comprimido, sem sentir os efeitos desejados.

"Demonstrações de força de vontade" me leva a um monte de vídeos aterrorizantes e macabros de atletas que se ferem gravemente. Digito "osso" e "fratura" no YouTube. Entre os resultados, vejo uma prévia de um jogador de futebol americano em campo levantando a perna. A canela parece um bumerangue, com um ângulo de noventa graus com uma protuberância debaixo do meião preto. Clico no vídeo. Toca uma música dramática da trilha sonora de *Gladiador*. Um jogador corre pelo campo para receber um passe. Pauso o vídeo. Avanço uns segundos. O jogador está caído. O pessoal do atendimento médico está em volta dele, tratando sua canela como se fosse um bebê. Assisto ao vídeo algumas vezes desse modo, com imagens congeladas. Tomo mais vinho e mais meio comprimido. O próximo vídeo em que clico é de dois jogadores de hóquei que se socaram com tanta força que a bochecha de um deles moveu-se para o lado como cera derretida. O osso da maçã do rosto foi reduzido a pó. Deixo a imagem avançar e recuar como se fosse um truque do Olho Mágico. Olhando a distância, a face caída é como uma peça de maquinário quebrada, um carro com um para-choque despencado. Clico em outro vídeo. Aparece um ciclista de BMX caindo de cabeça, o pescoço quebrando. Tomo mais vinho. Fico pensando por que será que há tantos vídeos de acidentes na internet. Sem exceção, quanto mais macabro o vídeo, maior o número de visualizações. Clico em um vídeo que é uma compilação dos dez nocautes mais brutais de todos os tempos, mostrados em câmera lenta, transformando tudo em um turbilhão de sangue e suor e dentes no ar. Clico em um vídeo de acidente de patinação de velocidade, panturrilhas e coxas cortadas por um moinho de lâminas de patinação. Clico em um vídeo de um goleiro de hóquei com as mãos no pescoço, jorrando sangue como um chafariz. Clico novamente e vejo o companheiro de time colidindo com os patins na garganta dele. Clico no vídeo de um esquiador que salta e cai centenas de metros no ar deslizando em direção a uma plateia mortalmente em silêncio. Clico no vídeo de Monica Seles sendo esfaqueada nas costas por um fã demente. Clico no vídeo de Greg Louganis em que bate com a cabeça na plataforma de saltos ornamentais. Clico no vídeo de um jogador de basquete que estoura o ligamento cruzado anterior. A seguir ele cai de costas. E o joelho dele rompe por baixo da meia. Vejo um jogador de futebol caído gritando, as pernas tortas. Assisto a um estranho vídeo de um jogador de futebol saudita que enquanto agoniza dá cambalhotas para trás, como se estivesse radiante.

A campeã de Ironman Paula Newby-Fraser finalmente "atingiu o limite". Nadou quatro quilômetros e pedalou setenta e quatro e correu quase uma maratona inteira. Ela está na liderança, mas desidratada, e delirando começou a vasculhar latas de lixo ao lado da pista. Paula senta, tira os sapatos e as meias. Ao se jogar no chão, os espectadores continuam, pateticamente, a incentivando. "Vai lá! Você consegue!" Ela responde: "Acho que vou morrer. Estou morrendo". Ela rola, gemendo na escuridão de seus olhos. Os espectadores jogam baldes d'água nela e esguicham garrafinhas com água em sua cabeça como se fosse uma baleia emaciada encalhada na praia.

—

Enquanto isso, na linha de chegada, um pai idoso empurra o filho paralítico em uma cadeira de rodas. O pai construiu uma jangada para o trecho em mar aberto e soldou um carrinho lateral especial em uma bicicleta de corrida. Os dois correm colados um ao outro como irmãos siameses. Agora o pai, costas curvadas, com os cotovelos sobre a cadeira de rodas do filho, passa correndo pela turba de um milhão de flashes de um milhão de câmeras, enquanto o filho sorri o sorriso de um milhão de sorrisos, jogando a cabeça de um lado para o outro. Os pelos no peito bronzeado e enrugado do pai são brancos como espuma de champanhe.

—

Agora que não tenho mais como falar com Paul, cada nova informação que surge em meu horizonte é uma mensagem em potencial que poderia enviar a ele. Não se passa muito tempo sem que eu tenha de controlar a vontade de ligar para ele. Oi, Paul. Tudo bem?

—

Em vez disso, acabo ligando para Louis.

"Desculpe", digo, desajeitada. "Sinto-me tão mal."

Logo sinto que Louis torna-se mais tenso. Ai, meu Deus, agora estou chorando. "Desculpe."

"Não é culpa sua", ele diz.

"Não é culpa minha", eu repito.

"Não se sinta culpada."

"Não vou me sentir culpada."

"Não, você é que não tem de se sentir culpado", eu digo para ele.

"Não, eu não vou me sentir culpado", ele responde.

Ouço carros passando em alta velocidade. Soa como se ele estivesse em um túnel ou acostamento. Fico consternada com a possibilidade de ele ter encostado por minha causa. "Isso faz sentido pra você?", pergunto várias vezes.

—

Desligamos. Mas aí Louis liga novamente e diz que está indo embora do país. Pode ser que ele estivesse pensando se devia me contar ou não, sei lá. Diz que vai ter acesso limitado a telefone, mas que posso enviar e-mails. Ele precisa do tempo e da distância. Digo que entendo e murmuro um pedido de desculpas depois do outro. Por que você está se desculpando? Ele parece um pouco irritado. Digo que tenho muitos amigos aqui em Nova York e que não precisa se preocupar. Diz que não está preocupado (em um tom mais apreensivo).

—

Caro Paul: F. Scott Fitzgerald escreve em *The Crack-Up* que qualquer pessoa inteligente tem de ter a capacidade de compreender duas ideias opostas simultaneamente.

Sem esperança *e* a gente precisa seguir em frente. Não que ajude, mas a gente precisa seguir em frente.

—

Sabe por que esquiadores de cross-country sempre parecem estar escorregando em casca de banana quando cruzam a linha de chegada? Por que tendem a cruzar a linha e imediatamente se atirar de cara na neve? É porque os músculos deles passaram a corrida toda "mergulhados" em ácido lático. Acúmulo de ácido lático é a sensação que temos nas coxas depois de subir três ou quatro lances de escada. Em experimentos psicológicos que testam a resistência mental de atletas comparada a de não atletas, os cientistas literalmente queimam o indivíduo que está sendo testado com laser quente. O objetivo é estimular a sensação de "músculos queimando". Os atletas superam sempre o teste da dor. Encare isso como uma díade: existem aqueles que suportam a dor (atletas) e os que não suportam (não atletas). Os que pertencem à primeira categoria são otimistas e indestrutíveis, como Apolo Ohno, que sobe e desce múltiplos lances de escada pulando em uma só perna agachado em posição de quem está em uma prova de patinação de velocidade. Os que estão na segunda categoria perdem algo — uma competição, digamos; as chaves; um amigo — e ficam deitados de bruços por horas.

—

Continue com a disciplina. Continue trabalhando. Obrigo-me a ir à biblioteca para pegar os livros que encomendei faz semanas. Antes de chegar lá, encontro minha orientadora na rua. É inoportuno, já que venho tentando evitá-la, mas ambas estávamos cabisbaixas. Simplesmente estava olhando para o chão. Ela tirava neve das botas. Quando retomamos o olhar, estávamos as duas ali.

Ela sorri e pergunta como foi a conferência. "Foi ótima!", respondo automaticamente. A seguir, acrescento: "Descobri que meu amigo morreu". Minha orientadora me encara de um jeito estranho. Não sei o que ela poderia dizer.

"Se cuide", ela diz. "Lembre de pegar leve." Coloca a mão em meu braço. "Você está conseguindo escrever?" De repente tenho uma sensação boa de déjà-vu.

"Sim, sim, sim. Estou escrevendo e está ficando muito bom."

—

Enquanto me afasto, dou uma risadinha, lembrando de um post que li ontem à noite no fórum de aconselhamento para pós-graduandos (minha leitura de cabeceira): "Será que eu devia contar a meu orientador sobre o caos que é a minha vida? Acho que minha mulher está maluca".

—

Na biblioteca. Não é fácil encontrar vídeos de maratonistas que tenham desistido. Mas aqui vão alguns, caso você esteja curioso.

No documentário de Kon Ichikawa sobre as Olimpíadas de 1964 em Tóquio, o corredor irlandês Jim Hogan desiste (duas vezes). Na primeira vez, ele está correndo descalço na final dos dez mil metros. Os pés dele começaram a doer e acaba por sair da prova. A segunda desistência acontece no quilômetro 39 da maratona. Dessa vez ele está de tênis. Ele também está correndo ao lado do campeão anterior das Olimpíadas, o etíope Abebe Bikila. No entanto, as circunstâncias não parecem favoráveis para Hogan, que aparentemente parou de transpirar. Em nenhuma parte do corpo dele há umidade. Desacelera pouco a pouco os braços caídos ao lado do corpo. Por fim, senta-se no meio-fio e com um gesto débil pede um copo d'água.

Há ainda o vídeo da recordista Paula Radcliffe, que desiste durante a maratona das Olimpíadas de 2004 em Atenas. Corre de modo desajeitado, com a cabeça balançando. Ela olha para trás uma, duas vezes. Põe as mãos nos joelhos. Mesmo por trás dos óculos escuros, é nítido que está chorando. Arrasta-se lentamente até um arbusto no canteiro da rua e faz sinal para que as câmeras se afastem.

—

Entro na internet para encomendar a autobiografia de Paula Radcliffe, curiosa para saber o que houve com ela em Atenas. Acontece que nos meses que antecederam as Olimpíadas, ela teve uma lesão após outra. Também sofria de gastrite. Tinha perdido bastante peso. No entanto, estava tão acostumada a ignorar os sinais de alerta que chegou a convencer até o técnico e o marido — além da equipe toda — de que estava inteiramente bem. A equipe assistiu à desistência dela pelo telão do estádio. Não faziam ideia.

—

O público só perdoaria Paula um ano depois, ao se redimir vencendo a Maratona de Londres. Para vencer, precisou se agachar na lateral da pista e evacuar — fezes — em frente às câmeras porque não podia correr o risco de perder a liderança ao usar um banheiro químico.

—

O sagrado manifesta-se. Esse é de fato um modo de definir o sagrado: como um sistema de processamento de dejetos corporais. Para que a sociedade funcione, são necessárias barreiras contra a imundície, e Bataille também afirma que são necessárias zonas de descarga legal onde esses entraves sejam flexíveis. Essa é a origem dos banheiros e das igrejas nos vilarejos e de estádios nos quais os campeões podem "superar seus limites" (ou esvaziar seus intestinos).

—

Se praticar esporte é "perder-se em intensidade concentrada", como disse certa vez o nadador Pablo Morales, então assistir a um esporte é perder-se na intensidade concentrada da intensidade concentrada de outra pessoa.

De onde vem o desprezo pelos desistentes? Imagino que todo jovem atleta aprenda desde cedo a regra de ouro do esporte: jamais desista. Lance Armstrong, a personificação viva dessa regra, diz assim: "A dor é temporária. Se eu desistir, vai durar para sempre".

Em uma competição, os desistentes são retirados logo no início. Assim o que resta à nossa frente são aqueles para quem a desistência é uma transgressão mais grave que o assassinato.

Por exemplo: Embora tenha tido uma carreira longa e bem-sucedida, o boxeador Roberto "Mano de Piedra" Durán será lembrado eternamente como o sujeito que gritou "no más" durante a luta de 1980 contra Sugar Ray Leonard. "Não vou mais lutar contra esse palhaço", disse, ofegante. A plateia não acreditava. O assalto não tinha acabado. Durán não tinha sido nocauteado. Não era assim que se decidia uma luta.

—

Do ponto de vista da saúde, render-se muitas vezes é uma opção inteligente. Quem corre eventualmente é aconselhado a parar quando acontece uma inflamação no músculo da perna ou quando o quadril começa a doer. No entanto, espera-se de um campeão que ele "dê tudo de si" e "lute até o fim". Em contrapartida, qualquer esportista que "não se empenhe de coração" não está "lutando pela vida". O conflito entre as ressonâncias simbólicas dessas expressões é evidente: por um lado, desistir representa a morte. Por outro, não desistir representa órgãos internos estourados. Nossas entranhas não são totalmente regenerativas, e o mesmo vale para os delicados ligamentos dos joelhos e dos cotovelos e para o tecido frágil no crânio. Então, de qualquer modo, há somente um fim para os atletas.

—

Às vezes jogadores são acusados de "fazer corpo mole". Mas mesmo eles — que reconhecem que a vitória é improvável — sentem a obrigação de jogar até acabar o tempo. Fazer corpo mole é meramente decepcionante, ao passo que uma rendição prematura nos ofende no âmago. Como eles ousam! Regras são regras! Desistir no meio de um jogo viola um preceito fundamental com que concordamos. Desistir é um protesto. Quem desiste se recusa. Desistentes dizem não. Albert Camus: "O que é um rebelde? Um homem que diz não". Pense no corredor que para pouco antes da linha de chegada e sai do percurso, como o delinquente juvenil em *The Loneliness of the Long Distance Runner*, de Alan Sillitoe. Forçado a correr, ele se vinga da única maneira que pode — ao se recusar a completar a prova.

—

E eis aqui o que diz o filósofo Johan Huizinga em *Homo Ludens*: "É curioso observar como a sociedade é muito mais leniente com o trapaceiro do que com o estraga-prazeres. Isso porque o estraga-prazeres arruína o mundo-do-jogo. Ao abandonar o jogo ele revela a relatividade e a fragilidade do mundo-do-jogo em que havia temporariamente se enclausurado". Quando alguém abandona o jogo, a ilusão de ordem entra em colapso. Huizinga cita Paul Valéry: "O ceticismo é impossível quando se trata das regras de um jogo, pois o princípio delas é de um rigor inabalável". Na verdade, assim que as regras são transgredidas, o mundo-do-jogo como um todo entra em colapso. As pessoas abrem os olhos em um piscar, perdem o encanto, tornam-se "des-iludidas" (ilusão vem do latim *illudere*, que significa "pregar uma peça"). O jogo acabou. O apito do árbitro acaba com a ilusão e coloca a vida "real" em movimento novamente.

—

Quando a fantasia é rompida, a realidade nos inunda mais uma vez. A carruagem é uma abóbora, o cavalo branco é um camundongo, o príncipe é um sapo. Ninguém quer ter a visão do que há por trás.

—

O que é um estádio depois que todos se foram? O barulho oco de vassouras que batem contra as arquibancadas, o ruído de copos vazios sendo jogados no lixo. Todas as lonas foram retiradas e a equipe de limpeza desligou os rádios e foi para casa. A sensação é de folhas voando por um estacionamento vazio, para lá e para cá, sem direção.

—

Nunca quis ser aquela menina afastada no campo em que a bola nunca chega, piscando de modo descontrolado contra o sol. Queria jogar. Queria criar a ilusão.

—

Outra manhã. Ainda neva. Não sei o que fazer com meu dia. Mas sei que preciso viver porque está ali para que eu o viva. Levanto, como algo, checo o e-mail, escrevo um pouco e depois de uma xícara de café decido convidar os amigos para um jantar em casa. Tenho certeza absoluta de que não quero dar um jantar, mas se uma ideia dessas passou pela minha cabeça deve haver um lado meu, ainda que inconsciente, que queira oferecer um jantar. Por que não um pouco de diversão? Escrevo um e-mail e deleto. Ando pelo apartamento, ligo para minha mãe e desligo antes de ela poder atender. Não retorno a ligação quando me chama. Escrevo outra versão do e-mail sobre o jantar que parece mais animada, mais vibrante. Depois de enviar, levanto os olhos e percebo um movimento no apartamento perto da passagem de ar. Meu vizinho está deitado de costas fazendo algum tipo de abdominal. As pernas dele se movimentam para a frente e para trás com precisão. Observo-o talvez por muito tempo. Quando volto a olhar para o computador, meus amigos tinham respondido. Nick e Jenny, provavelmente, virão, e George disse ter oitenta e cinco por cento de certeza. Mas Jack disse que vem com certeza. Pergunta o que pode trazer. Não tenho mais como deliberar se vou ou não dar um jantar — Jack vem com certeza, então minha única opção é ir em frente. Logo estou caminhando por aí, comprando coisas para o jantar, primeiro flores, depois vinho, depois pão e queijo, depois azeitonas gourmet, depois quiches minúsculas. Tudo é muito caro, mas andar por aí gastando dinheiro é uma sensação boa. Sinto-me um pouco cansada. Quando chego ao ponto de ônibus, sento em um banco com as sacolas de compras de ambos os lados. Começa a nevar. É bom, o frio. Tenho consciência dele, mas é como se eu experimentasse a sensação através de uma vidraça. Um ônibus chega, mas decido esperar o próximo. Só preciso de um minuto. Depois outro ônibus vem e fica ali mais tempo do que o normal. Pode ser que o motorista acredite que eu queira subir. Gesticulo afirmando que está tudo bem, não tem nada de errado, pode ir em frente. Estou absolutamente bem. Enquanto estiver frio, tenho tempo. O sorvete não vai derreter, e eu tenho calorias para queimar. Vou queimar minhas calorias mesmo que não queira que queimem. Meu corpo vai se encarregar de queimá-las. Meu corpo é como uma máquina. Penso na quiche, tinha acabado de sair do forno quando comprei, e decido que tudo, desde que esteja no frio, congelado, vai ficar bem. Coisas congeladas duram para sempre, seja no freezer ou, daqui a mil anos, enterradas numa encosta de montanha, duras como pedra, completamente preservadas, quando talvez um alpinista tope com o dedo do pé em seu queixo ou no joelho, e depois, escavando a neve, descubra que você continua com a mesma expressão no rosto no momento em que morreu. Cientistas do mundo inteiro vão olhar para essa expressão e tentar entender o que causou sua morte. Por que veio até essa região da cidade? Será que você estava morta de tédio na planície? Será que fugiu para a montanha, onde ficou esperando a transcendência em meio a uma paisagem sublime? Os "arranha-céus", por exemplo, derramando luz. Quem sabe o céu tivesse faixas roxas, vindas de "aviões", ou houvesse auroras dançando, ou pode ser que você tivesse ouvido um melancólico animal que hoje corre risco de extinção, e talvez tivesse pensado em alguma frase, algo como "o ciclo da vida". Os inuítes chamam a aurora de *arsanerit*, "os jogadores de futebol". Os cientistas diriam que sua última refeição foi generosa, incluindo frango e vegetais. Você estava bem alimentada e confortável e não tinha nenhum ferimento grave. Talvez você até tocasse violino, ou uma versão rudimentar do violino, como indicavam os pequenos calos nas pontas dos dedos da mão esquerda. Certamente era culta, já que livros, também preservados, foram encontrados em sua mochila. Você parecia profundamente interessada na filosofia da França. Outros artefatos em sua mochila de tecido: batom, telefone celular, bloco de anotações, pastilhas para tosse. Todos preservados. O sorvete e a quiche seriam difíceis de explicar, e artigos seriam escritos em um debate sobre por que tanta quiche, e por que tanto sorvete. Os dedos dos pés teriam sido os primeiros a entorpecer, e depois os das mãos, e a seguir você não seria capaz sequer de pegar o celular para deixar uma canção de despedida. Pode ser que você não estivesse de gorro. Pode ser que tenha acumulado neve em sua cabeça, e ninguém tenha se arriscado a questionar o que estava fazendo naquele banco, sentada imóvel, como uma estátua, sem gorro. Pode ser que a neve tenha se acumulado um pouco mais, a ponto de sugerir paralisia e perigo, porque de imediato um homem curvou-se diante de você, tirando a neve de seus ombros, desestruturando a camada intocada que ali foi se acumulando, e ele disse algo, e você sentiu um vago desejo de se levantar, mas apenas por ele, e pelo sujeito que passava. Essa intromissão súbita em seus pensamentos a levaria a dizer algo cruel e desagradável para o sujeito. Você então iria ficar envergonhada a ponto de chamar um táxi. Em casa, contra a vontade, você iria em frente com os preparativos para o jantar. Poria uma toalha na mesa e escolheria música adequada e daria uma limpada na casa. Tomaria um banho para se livrar da imagem da neve que surgia sempre que fechava os olhos. Sabia que não pretendia dar o jantar — um jantar era a última coisa que queria — mas você já tinha enviado e-mail, e não desejava parecer uma insana ao cancelar tudo só por estar nervosa com o que as pessoas iam pensar a respeito do jantar organizado por você. Sarah pareceu surpresa por você estar dando um jantar. Claro! Ela respondeu. Um jantar! Qual o motivo? E depois de explicar que não era uma comemoração, que não tinha nenhum motivo,

Sarah perguntou quem ia estar lá e o que ia "acontecer" durante o jantar, e depois que você não foi capaz de descrever nenhum atrativo, ela disse que talvez estivesse ocupada; andava tão ocupada nessa época. E, como tivesse sentido que Sarah não ia vir e ficasse meio magoada, você inventou algo para que ela se "encabulasse" e talvez se sentisse meio mal, ao dizer que também tinha convidado sua orientadora, que, com certeza, ia comparecer. Sarah entendeu e, de repente, estava se justificando. Disse com convicção que ia tentar ir ao jantar, e quem sabe abrisse uma exceção ao trabalho dela. Você sabia que sua orientadora não ia aparecer porque não tinha sequer ousado mandar um convite, mas a ausência dela seria fácil de justificar para Sarah, já que não tinha como controlar o comportamento da sua orientadora, afinal. Mais ou menos na hora que o jantar havia sido marcado, Sarah enviou mensagem pedindo sinceras desculpas; ela não ia conseguir comparecer. Não tinha finalizado as tarefas que havia se proposto naquele dia. Você disse a ela que sua orientadora estava sentada a seu lado, e que estava decepcionada. Depois de enviar essa mensagem você se apavorou um pouco mais e ficou pensando se Sarah não ia contar para a orientadora depois que se arrependia de não ter ido, que a orientadora ia ficar puta por você ter inventado uma mentira idiota sobre ela ter ido a seu jantar. Você ficou andando de um lado para o outro freneticamente no apartamento pensando se tinha algo que pudesse dizer para aliviar a mentira, mas não teve tempo para pensar porque, infelizmente, o interfone tocou, e embora tenha cogitado não atender, assim "cancelando" o jantar simplesmente evitando as pessoas e se escondendo no apartamento enquanto os amigos ficavam lá fora no frio, ansiosos imaginando que podia ter acontecido alguma coisa, você, mesmo assim, apertou o botão para que esse amigo entrasse, pois já tinha tomado uísque suficiente e se sentia meio vulnerável, e você pensou alguma coisa tipo "foda-se todo mundo" e deixou a pessoa entrar, e calhou de ser

Jack, com seu cabelo ruivo e o bigode fininho, que todo mundo chama de Jack, apesar de o nome verdadeiro dele ser Martin. Você viu que ele tinha trazido meia dúzia de latinhas de cerveja. Você ouviu-se dizer algo como, Uau, obrigada, Jack! Quem vai tomar tudo isso? E Jack pareceu constrangido, como se tivesse armado de ele passar a noite com você, só os dois, talvez com intenções românticas. Mais ninguém tocou o interfone, e embora você tenha continuado a olhar o celular, e Jack tenha continuado a olhar o dele, mais ninguém iria tocar o interfone pelo resto da noite. As quiches estavam deliciosas, e você comeu demais em uma sentada, deixando Jack acanhado. Começou a ficar meio empolgada com a comilança e pela animação como estava tomando uísque e, agora que pensou nisso, os comprimidos de ansiolítico que também tinha tomado, e logo você se esqueceu do que aconteceu a seguir exceto pelo fato de ter perguntado a Jack se ele queria levar o restante da cerveja para casa.

—

Por uns dias, consigo me comportar normalmente. Depois, de súbito, não me sinto bem e preciso ir ao médico.

—

O que é o medo? Quando peço a explicação não científica, o médico pressiona um punho contra o outro para simbolizar as engrenagens do cérebro. As pessoas que são muito ansiosas têm as engrenagens do medo muito aceleradas. O medo leva o cérebro a produzir hormônios, como a adrenalina, que fazem o coração bater e ativam as glândulas de suor. Mesmo quando não há uma ameaça evidente, o cérebro ansioso se esforça para encontrar outros gatilhos.

No tutorial em vídeo que estou assistindo agora, uma jovem racional está passando por uma crise de pânico enquanto um rapaz elegante e compassivo está sentado ao lado com a mão nas costas dela tranquilizando-a dizendo que está tudo bem, que não há motivo para medo. A jovem ponderada está ali sentada no sofá respirando em um saco de papel.

Se algum dia você já quis saber como ajudar alguém a se livrar de um ataque de pânico, há muitos tutoriais em vídeo que vão demonstrar. Parece fácil como aprender a instalar um pneu em uma bicicleta ou se livrar do mofo do banheiro.

—

Subo no telhado para tentar encontrar o ruído que não me deixou dormir a noite toda. Fico andando para lá e para cá no estreito perímetro até que o céu se aqueça rumo a um escarlate abundante. Consigo visualizar minha respiração toda vez que solto o ar. Acabo por me lembrar do verão em que Paul e Louis e eu moramos juntos na república na colina perto do estádio. Toda noite, a gente sentava no telhado, tomando cerveja, conversando. A gente conversava até o som da música dos últimos shows das noites de verão desaparecer e os fãs passarem pela saída estreita e o céu ficar mais profundo com a cor do mar. Aconteceu no verão depois de eles se formarem. Ainda faltavam dois anos para mim. As vidas deles eram superpromissoras, mas já havia uma sensação de adeus. Os aviões eram como peixes com antenas brilhantes nadando um atrás do outro.

—

Em algum ponto de nosso desenvolvimento, Paul e eu mudamos de posição. Quando eu era criança, sempre me elogiaram por reprimir desejos. E assim desejar algo exigiu prática. Eu queria esse brinquedo, ou aquela barra de chocolate? Meus pais me ensinaram a dizer não. No entanto, logo aprendi que a resposta certa era sim. O que os grandes atletas têm que nós não temos é um desejo irrestrito, eu costumava dizer. O desejo gera a necessidade e a necessidade gera a ação. Não é fantástico? Paul, que tinha acabado de começar a estudar budismo, respondia: não ia ser mais simples não desejar nada?

—

Porque o problema do desejo é que nunca se dissipa.

—

Acho que Paul tem razão. Tinha razão? A ausência de desejo de fato reduz a dor.

—

Não consigo sair do apartamento, e estou pensando que, quanto menos me mexer, menor o movimento parece necessário. A neve vai cair do seu modo silencioso, sem pressa. E parece bom deixar tudo isso se dissipar — meu apego à comida e às pessoas e aos lugares.

—

Um sujeito está correndo solitário em uma rua escura. Está tão exausto que cai o tempo todo. Ele se levanta apenas para cair. A cabeça dele está coberta de sangue. Dá mais uns passos e se espatifa numa barricada. O voluntário do Ironman, treinado para ajudar atletas para que não sejam desclassificados, parece estranhamente insensível, pairando sobre o homem caído, punhos enérgicos postados nos quadris.

HOMEM DECIDIDO: Eu tenho que terminar...

CINEGRAFISTA: Por quê?

HOMEM DECIDIDO: Porque... eu não sei.

Continue no curso atual

Já fiz uso de minhas dez sessões gratuitas de aconselhamento na faculdade, por isso sou orientada a procurar um terapeuta fora do campus. Cada sessão custa trinta dólares. O único modo que tenho para justificar o gasto é se conseguir demonstrar a mim mesma que estou ativamente trabalhando no desenvolvimento de "habilidades" e "mecanismos" entre as sessões, que era o recomendado pelo terapeuta da faculdade. Eu enchia folhas de papel e fazia exercícios que me ajudavam a me tornar mais "consciente".

Agora que estou no consultório desse novo terapeuta, fico toda apreensiva em pedir "tarefas". Dr. M. é um psicanalista à moda antiga e parece achar terapia cognitiva comportamental uma coisa meio New Age. É com grande relutância que se dirige ao arquivo empoeirado para pegar os papéis. Ele chama a minha atenção para isso e aquilo. De supetão, sinto como se tivesse acabado de comprar um animalzinho de estimação e esse fosse o manual de instruções para cuidar dele.

—

Março. Primeiro sonho da primavera. Paul salta de um prédio em chamas e cai em segurança sobre copas de árvores frondosas que amortecem seu impacto lá embaixo. Por um segundo, fico embriagada de felicidade. Mas aí as árvores jogam Paul para o alto para comemorar, esquecendo-se de que ele é um pequeno ser humano, e todos os ossos dele se quebram.

Alguns cientistas modernos estudiosos do sono, ao analisar meu sonho, diriam que meu cérebro está trabalhando para me proteger contra uma fonte de medo. Pesadelos têm uma função evolucionária, são módulos de treinamento para nossos cérebros.

Mas acredito que possa estar no território de Freud aqui. Ele acreditava que a ideação dos sonhos reflete dois impulsos; *eros*, que quer a vida, e *thanatos*, que quer a morte. Não é evidente a vantagem evolucionária dessa teoria quando se pensa que você passou a noite toda sofrendo e, na verdade, apenas estava descansando.

—

INSTRUÇÕES

Conte a seu terapeuta que seu ex-namorado cometeu suicídio e que você está passando por um momento difícil.

Conte sobre os pesadelos, a incapacidade de dormir, a estranha sensação que tem às vezes quando está lavando a louça de que "há outra pessoa ali", pairando acima de seu ombro.

Pense em relatar os diversos detalhes sórdidos de seu passado com esse ex-namorado — pormenores que você ia preferir não comentar no momento. O terapeuta vai indagar a respeito, porque ser inconsistente não ajuda na terapia.

Não há problema em ficar em silêncio.

—

Enquanto espero pelas minhas receitas, avisto uma moça que fica dando chutes com as pernas como se alguém batesse nos joelhos dela com um martelinho de borracha. É uma coreografia desagradável e pouco convincente do ponto de vista médico, uma demonstração histriônica de dor. Lágrimas densas caem sobre os formulários no colo dela. Então ela diz algo choramingando.

"O quê?"

"É meu aniversário."

"Ah! Feliz aniversário. Aniversários são difíceis."

Ela balança a cabeça, concordando. Olho para meu celular. Coisas que passamos os dias à espera.

—

Mais tarde encontro Ellen em um café. Ela pediu uma espécie de chá de ervas e parece chocada por eu continuar tomando café depois que já anoiteceu. Então Ellen diz com ar de indiferença que minha ansiedade vem do excesso de café e da falta de exercício. Quero chorar. Toda vez que estamos juntas ela assume o comportamento de mãe ou de irmã mais velha, e normalmente eu tento fazer o que pede. No entanto, dessa vez tenho a impressão de que está minimizando meus problemas ou rotulando-me de acomodada. Sinto-me profundamente incompreendida.

"De onde vem toda essa resistência? Por que não vai lá e simplesmente faz? Você não lembra como a sensação era boa?"

Digo que ser a Atleta Chen nunca foi uma boa sensação, embora eu estivesse me exercitando. Ou pelo menos é assim que eu lembro.

"Muito bem então, Atleta Chen, por que você não nada esta semana e anota como se sente depois? Você pode se surpreender. Deixa que eu diga. Faz uma diferença enorme." E ela acrescenta: "Faça por mim".

Observo-a a tomar devagar o chá descafeinado. Parece exatamente o tipo de pessoa que se exercitaria bastante. Com os cabelos longos e pretos e o rabo de cavalo lustroso e o pescoço fino e delgado de bailarina com todos os tendões e veias saltados. Quero dizer a ela que a ideia de escrever um diário de exercícios soa completamente estúpida. Prefiro ser infeliz a ser o tipo de pessoa que escreve um diário de exercícios.

"Não sei se nadar vai ajudar."

"Você não está escrevendo a tese sobre esportes? Como pode escrever sobre algo de que não gosta?"

"Eu gosto, só não gosto de fazer."

"Por que você escreveria sobre algo que não gosta de fazer?"

Encaramo-nos com mútua indignação. A única razão pela qual Ellen e eu continuamos nos encontrando é pelo senso de obrigação. Depois que você conhece alguém há certo tempo, não importa se gosta dele. Gostar da pessoa ou sentir prazer na companhia dela não está em questão. Elas são parte de você, como uma tatuagem da qual não há como se livrar.

A amizade era bem mais simples na época da faculdade. Ellen era só uma esquisitona se formando em ciências políticas que estava no conselho discente, e eu era uma ex-candidata a atleta. Ambas usávamos um previsível blusão do uniforme da Cal. Hoje Ellen é uma advogada bem-sucedida, e a gente não tem nada em comum. Talvez a amizade dela seja uma penitência que me imponho. Ou pode ser que eu seja amiga dela simplesmente porque ela tem tanta convicção sobre tantas coisas — Deus, leis, física newtoniana, ter filhos no futuro. A certeza dela é reconfortante.

Saímos do café e nos unimos à multidão voltando para casa. Olhando na direção da Union Square, dá para avistar o fluxo contínuo de pessoas se estreitando para descer ao metrô. Imagino como grãos de areia passando por uma peneira. Decido que prefiro andar. O céu está uma cúpula de chumbo. Ando mais devagar do que alguém que caminha à toa, mais devagar que um turista, mais devagar que a indecisão.

—

Acho que consigo pensar em exercício como um modo de trabalho. Assim vou ter de conseguir extraí-lo de mim independentemente de meu nível de energia. É como Ellen diz: preciso "trabalhar" meu corpo.

—

Estou tentando decidir entre as academias. Pode ser que o motivo para eu não me exercitar venha de algum desequilíbrio que tenha a ver com minhas escolhas econômicas. Tento reavaliar tudo com cuidado. O ginásio da faculdade é o lugar evidente para eu me exercitar, já que vou lá diariamente. No entanto, o piso do vestiário está sempre coberto com grossos tufos de cabelos de outras pessoas, que têm de ser empurrados com o pé como se fossem emaranhados de algas marinhas. Uma vez me troquei ao lado de uma mulher que tinha uma micose tão infectada que parecia decorar a pele dela como um brocado. Quem garante que o cloro vai exterminar um fungo potente daqueles? Outra vez, sob a iluminação embaçada da sauna, notei uma presilha de cabelo vermelha que alguma criança tinha esquecido, mas, quando fui tentar pegar, escorregou entre o piso de madeira.

—

A outra academia que cogito é bem mais cara, mas as vantagens! Para começar, o nome dela é em homenagem a uma pessoa, não a um lugar. Depois tem o fato de o ambiente parecer um restaurante ou uma boate, não uma academia. Na sala de espera há uma fileira de bancos revestidos de veludo. Os funcionários da recepção posicionados atrás de balcões de couro. Círculos de luz colorida de holofotes delineiam cada aparelho de exercício de modo que os usuários parecem parte de uma atração em casa noturna. Não sei por que esse tipo de lugar me atrairia, mas me seduz. Eu ia gostar de dizer que sou sócia dessa academia, um espaço planejado com conceito de design. Pode ser que se exercitar sob um holofote dê mais significado a meus esforços.

—

Qual é o sentido desta manhã? Apenas estou deitada aqui pensando em Ellen e sua física newtoniana. Ela diz que é basicamente a lei da inércia: coisas imóveis querem permanecer imóveis, coisas em movimento querem continuar se movendo. Para mudar o estado de um objeto, é necessário um impulso externo ou algo que leve à frenagem.

—

O que é a vontade? Hobbes: A vontade é a última decisão tomada antes da ação.

—

Não há nenhuma categoria de pesquisa no catálogo da biblioteca chamada "Demonstrações de Força de Vontade" ou

"Atletas — Feridos — Fracasso da Vontade" ou "Eventos esportivos — Desastre" nem mesmo um simples "Perseverança — Instruções".

Descubro que em vez disso a Biblioteca do Congresso optou por classificar esportes na subclasse GV para "Recreação e Lazer" com "Jogos e Diversões", "Dança" e "Circos, Espetáculos etc.".

—

A categorização da biblioteca para "Esporte" é etimológica. A palavra inglesa *sport* é redução da palavra do inglês antigo *disport*, que significa "desvio" ou "diversão".

A palavra significa literalmente "afastar-se" da seriedade e era empregada em referência a qualquer coisa desde preliminares sexuais a piadas até brincadeiras no geral. O elegante refinamento verbal que Jay Gatsby simula, por exemplo, ao chamar Nick Carraway de *"old sport"*, está bem mais próximo do uso original.

—

Mesmo assim, o modo amistoso e artificial como Gatsby usa *"old sport"* soa falso para Carraway, assim como para nós. Ambientado previamente antes do Crash de 1929, *O grande Gatsby* retrata um mundo em que os esportes já tinham evoluído, tornando-se uma instituição competitiva implacável sem princípios românticos. Modos anteriores de possibilidades afetivas são substituídos por um antagonismo, personificado em Tom, o jogador de polo racista e violento, Wolfsheim, o sujeito que manipula resultados de jogos, e Jordan, que trapaceia no golfe.

—

Hoje, a palavra *sport* descreve alguma atividade física organizada, padronizada e que exige treinamento físico. É comum que envolva dinheiro e infraestrutura como patrocínios corporativos ou complexos de estádios. Competições esportivas modernas não se parecem com "jogos" infantis, embora frequentemente usemos essas palavras associadas umas às outras.

Mas, e se parássemos de chamar nossos esportes de esportes?

Uma palavra que poderíamos cogitar como substituta é a grega antiga para competição, *agon*, da qual deriva "agonia".

Afinal, nossos "esportes" estão muito mais próximos semanticamente dos antigos jogos de Olímpia que dos jogos descompromissados, que são como entretenimento, típicos de crianças e golfinhos.

As antigas competições eram organizadas em torno de festivais sagrados e tinham a mesma carga religiosa que o sacrifício ritual e as profecias dos oráculos. Eram parte integrante da vida da Grécia antiga por darem a oportunidade de os homens demonstrarem a virtude da excelência, que denominavam *arete*. Os "jogos" não eram meramente um veículo para significados simbólicos; o desempenho do indivíduo era visto como demonstração literal do acesso aos deuses. Os atletas eram canais de contato com o divino, a presença física dos deuses, sua corporificação, uma ponte entre esse mundo e o além.

Assim, os esportes eram assunto profundamente sério para os gregos antigos. Não havia nada de burlesco ou divertido.

Antes das Olimpíadas, exigia-se que os atletas treinassem por trinta dias em Elis, respeitando um período de *askesis* ou "treinamento" (da qual se origina a palavra "ascetismo"). Durante esse acampamento de trinta dias, eles treinavam, competiam com moderação e se abstinham de sexo. Depois de começar os jogos, eles tinham de manter um comportamento rigoroso. Os atletas, acompanhados pelos pais, juravam sobre um pedaço de carne fresca de javali que não iam agir de modo desonroso durante o festival, o que incluía receber ou pagar subornos. Se fossem abordados, os infratores tinham de pagar uma punição. A covardia era outro pecado. Fugir acarretava multa pesada. Atrasos também eram inaceitáveis. (Um altar gigantesco em Olímpia foi construído com os pagamentos feitos por esses infratores.)

E aquela chama perpétua, a tocha simbólica que hoje acendemos nas Olimpíadas modernas? Também se originou dos jogos antigos, no entanto, em Olímpia a chama era mantida acesa com o sacrifício ritual de centenas de bois. Tempos depois, o monte de cinzas ultrapassou sete metros. Embora nenhum humano fosse queimado nesse altar, a derrota se equivalia de modo metafórico à morte, o sangue e o suor derramados na arena, uma oferta aos deuses.

—

Do lado de fora da biblioteca. A neve rodopia com as rajadas de vento, o que torna o vento visível. Avisto Jack fumando e me sinto obrigada a pedir desculpas pelo jantar. Parece surpreso. Para ele o jantar foi meramente decepcionante. Ele realmente não tinha ideia. Dá para perceber pelo jeito como brinca com o lóbulo da orelha que faz uma análise retrospectiva da história, como se estivesse se deparando com alguma forma leve de deficiência.

Um homem próximo dali, que ouvia a conversa, de súbito interfere. "Você devia ter chamado o jantar de velório!" Ele ri, satisfeito. "Jesus", Jack diz, pisando no seu segundo ou terceiro cigarro. "É meio cedo pra fazer piada, não é não?" Há um silêncio momentâneo. O sujeito se desculpa abaixando a cabeça, aparentemente para jogar fora a bituca de seu cigarro. Jack e eu o vemos caminhar até a biblioteca, onde não há lixeiras para desestimular os fumantes. Depois ele atravessa a rua e sai de nosso campo de visão.

—

Um velório não é (como soa) uma vigília feita ao lado do corpo para velar o morto caso ele acorde.

—

Alguém me disse uma vez que dava para acordar uma pessoa só de olhar para ela, e acreditei por anos até conhecer Paul. Você podia olhar o quanto fosse e ele não acordava. Aquelas veias azuis correndo sob as pálpebras.

Eu ficava provocando: "Sabe como dá para saber nesses programas policiais se o suspeito já esteve preso? Eles têm aquela aparência de quem não toma sol. Dá para desvendar o episódio inteiro assim…".

Nem que fosse só para estimulá-lo a sair do apartamento. Nem que fosse só para incentivá-lo a acordar.

—

Vejo a academia do outro lado da rua do sebo. Penso em ir. Por que não ir a uma, depois a outra? Vá pra academia!, digo a mim mesma.

Como não obedeço, presumo que não tenha força de vontade.

—

Na Roma antiga, o sacrifício humano era mais literal. As terríveis competições entre os gladiadores eram chamadas de *munera*, ou "obrigação com os mortos". Os perdedores eram executados ali mesmo, "gotas quentes" de sangue encharcando o solo do estádio. Treinados a aceitar a morte com estoicismo, sem se mover quando a espada era cravada nas costas, os gladiadores "despertavam o desprezo pela morte e a indiferença aos ferimentos", teorizou Plínio, o Velho. Eles mostravam aos homens como morrer com dignidade.

No entanto, as primeiras culturas ocidentais não foram as únicas a tratar competições atléticas como rituais religiosos. A maior parte dos historiadores do esporte concorda que todo esporte primitivo remonta a alguma espécie de cerimônia de perpetuação da vida. Como demonstra o muito citado estudo do antropólogo Stewart Culin, os indígenas das planícies disputavam jogos para assegurar as necessidades mais básicas da vida: invocar a chuva, abençoar as plantações, curar doenças, expulsar demônios, prolongar a vida. O historiador do esporte Allen Guttmann apresenta mais indícios: no Laos, joga-se cabo de guerra para atrair a chuva. No Arizona, os indígenas hopis correm em dois times, que representam a chuva e as nuvens. Os indígenas timbiras no Brasil praticam corrida de revezamento para garantir a fertilidade. Os mitos de criação tanto dos maias quanto dos astecas envolvem um jogo de bola; todo complexo de templos tem a própria quadra para jogos de bola, e frisos demonstrativos que retratam o sacrifício ritual dos jogadores. Como ressalta Guttmann, esses jogos eram "literalmente uma batalha de vida e morte".

Os esportes modernos continuam a ter um aspecto talismânico. Perceba como os fãs põem a mão sobre o coração e se pintam como guerreiros. Os gritos e os cantos e as intimidações. As cores mágicas e os mascotes guardiães do espírito.

—

Talvez, como fãs de esportes, devêssemos ser simplesmente sinceros com relação a nossos sentimentos. Talvez o que esteja em jogo equivalha à vida ou à morte. Estamos aqui porque algum medo profundo está sendo aliviado, porque alguma promessa está sendo mantida. Mesmo se não conseguirmos detectar o que realmente tememos, ou o que está sendo assegurado com aquele esforço. Estamos aqui pelo sacrifício.

—

Por que os esportes deveriam estar tão impregnados de metáforas? Por que deveriam ter tanto significado? É completamente absurdo.

—

Já sei que valorizo muito as tarefas representativas, como ir à academia ou manter minhas plantas vivas. Sou supersticiosa do modo mais nocivo — ao mesmo tempo amparo-me e desprezo esses "presságios" de meu domínio. Se não praticar, sou patife; mas se reconheço que o apego ao significado não representa nada, então qual é o sentido de toda essa dor?

E, se vamos falar disso, por que eu devia me preocupar em manter minhas plantas vivas? Se precisar, basta voltar ao viveiro e pegar um canteiro novo. As plantas novas terão textura aveludada com folhas suculentas brilhantes, e estarão radiantes por terem sido tratadas por alguém mais experiente.

■

Confissão: não consigo parar de assistir a vídeos de maratonistas morrendo na linha de chegada. Assisto a atletas morrerem em outros esportes de resistência — esqui cross-country, travessia de canais a nado, Tour de France —, mas os óculos e o equipamento especializado ocultam os rostos e os corpos, o que dá alguma privacidade contra o olhar da câmera.

Corredores não contam com esse luxo. Os rostos estão expostos a câmeras e suplicantes, mesmo enquanto os corpos se movem em alta velocidade. Parecem a imagem da produtividade em capacidade máxima.

—

A eficiência é uma batalha travada contra o tempo. O único inimigo do corredor é o tempo, e a única tática contra o tempo é o perpétuo movimento. O lendário corredor do século XIX Mensen Ernst, que dizem ter percorrido nove mil quilômetros entre Constantinopla e Calcutá (e depois voltado), disse o seguinte: "Estar em movimento é viver, ficar parado é morrer". Fiel a seu mantra, durante uma corrida do Cairo até a Cidade do Cabo, ele encostou-se em uma palmeira e colocou um lenço sobre os olhos. No dia seguinte foi encontrado morto.

—

Assim, maratonistas seguem em movimento. Não conseguimos imaginar como podem continuar correndo em um ritmo frenético como aquele, mas lá estão eles. Correm mais rápido do que consigo pedalar com conforto. E aí, quando cruzam a linha de chegada, tudo desaba. Pernas que pulsavam velozes como pistões repentinamente estão molengas como macarrão. Um maratonista queniano corre impulsivamente até a linha de chegada e de imediato, após cruzá-la, começa a escorrer da boca dele um líquido branco. O que é aquilo? Leite? O departamento de comentaristas não dá nenhuma explicação. Exausto, o maratonista cambaleia e cai de joelhos, o líquido branco escorre pela camiseta. Um voluntário dá uma toalha, que ele joga para o lado sem pensar. Clico novamente no vídeo. Assisto a uma pessoa que corre com aparência de determinação, e depois vejo a máscara cair! É quase possível indicar o momento exato em que a transformação ocorre, o momento em que ele reconhece que atingiu o objetivo e finalmente para.

—

A sensação de emergir vivo do outro lado da linha de chegada deve ser a de um milagre. Parentes e amigos torcem na lateral e seguram cartazes que anunciam todo tipo de ressurreição: Eu venci o câncer, estou vivo.

—

A metáfora da ressurreição faz sentido para os corredores da Ultramaratona Badwater, a "mais difícil corrida a pé do mundo". A corrida de 217 quilômetros acontece no Vale da Morte, em Nevada, uma região árida e salobra no ponto mais quente e mais seco da América do Norte. É tão quente que só certo tipo de caracol consegue viver ali. Em um dia normal, o calor irradiado pelo asfalto passa de oitenta e cinco graus, mas, se você correr pela marcação de tinta branca da estrada o calor é mais tolerável, de setenta e cinco graus. Os corredores se equilibram sobre essas linhas como se temessem cair em um abismo de lava.

—

Há muita informação sobre o treinamento para a Badwater no blog da maratonista (de distância regular) Deena Kastor. Ela manteve o blog enquanto trabalhava na equipe como assistente de uma amiga, que ia disputar a corrida. De acordo com Kastor, o único modo de sobreviver à corrida é passar muito tempo fazendo "vigoroso treinamento de sauna". E há outros desafios: calor, colinas, vento quente, cãibras, queimaduras do sol, sangue, vômito, choros, atrito, bolhas, a perda das unhas dos dedões do pé. Em resumo: "Quem está lá vê a morte mais de perto do que eu jamais tinha visto".

—

O semblante do maratonista no trecho final do trajeto. Às vezes na rua ou no metrô vejo fisionomias que parecem igualmente atormentadas. O que me leva a pensar quantos dias, ou anos, ou décadas, ainda vai durar a maratona dessa pessoa.

—

A Corrida da Autotranscendência Sri Chinmoy tem percurso de cinco mil quilômetros, mas acontece integralmente em uma quadra de 883 metros no Queens. Os participantes precisam percorrer o equivalente a duas maratonas por dia durante dois meses sem parar em torno dessa única quadra. Ao contrário da maior parte das maratonas, em que você tem a satisfação de ir do ponto A para o ponto B, esse trajeto pode matar de tédio os não iniciados. Tudo o que você vê é uma corrente de metal, uma escola de ensino médio, umas poucas árvores urbanas, carros estacionados e uma placa verde refletiva indicando a Queens Utopia Parkway. A corrida é menos um evento esportivo que um exercício espiritual radical. "A mente reflete sobre a estupidez de ficar dando voltas e voltas", explica um discípulo de Sri Chinmoy. "Mas não é insensato em um plano mais elevado." Tento me lembrar enquanto caminho da estação de metrô até a piscina pelo que me parece ser a milionésima vez.

—

"Eu estava tanto esperando o fim. Morrendo, morrendo, morrendo. Aí na última volta — tudo ruiu... Não havia meta. Não existia. Percebi que minha mente me pregava uma peça. Era só mais uma volta, igual a todas as outras."

—

Alguns historiadores supõem que a popularidade da maratona teve influência direta desses espetáculos de exaustão. Batizada em homenagem à corrida fatal de Fidípedes entre Maratona e Atenas, a corrida sempre pretendeu ser um teste dos limites da resistência humana.

Quarenta e dois quilômetros pareciam uma distância devastadora, inumana para se percorrer de uma única vez, e esse era exatamente o ponto. A Maratona de Londres em 1908 lançou o evento no cenário internacional quando Dorando Pietri, um minúsculo comerciante italiano, chegou cambaleante em primeiro lugar no Estádio Olímpico à beira da morte. Os espectadores ficaram estupefatos e inebriados. A cena assustadora foi registrada por Arthur Conan Doyle, que estava nas arquibancadas naquele dia:

Ele está de pé novamente — as pequenas pernas vermelhas andando de modo incoerente, mas pisando forte, impulsionadas por uma suprema força de vontade interior. Ouvem-se gemidos quando ele cai mais uma vez, e gritos de incentivo quando se levanta novamente. É horrível, e ao mesmo tempo fascinante, essa luta entre um propósito e um corpo absolutamente exausto.

Pietri não voltou a se levantar, e por isso foi carregado até a linha de chegada por comissários da corrida. A plateia mal notou quando o corredor norte-americano Johnny Hayes passou em alta velocidade pela chegada, sem auxílio. Mais tarde circularam rumores de que o esforço havia levado Pietri à morte. Mas ele sobrevivera, vivendo o suficiente, na verdade, para gastar o que ganhara com aquela corrida.

Ah, eis aqui um corredor que se recusou a pensar metaforicamente: durante as Olimpíadas de 1912 em Estocolmo, o maratonista japonês Shizo Kanakuri se superaqueceu a ponto de perder a consciência algumas vezes. Enquanto cambaleava, de repente notou uma convidativa festa em um jardim ao lado da estrada. Ele parou para pedir um copo de suco de laranja, mas se divertiu tanto que sem perceber acabou passando uma hora inteira na festa. Ciente de que não fazia sentido tentar terminar a corrida, simplesmente pegou um trem para Estocolmo e depois embarcou em um navio rumo ao Japão. Não contou a ninguém. Os comissários da corrida presumiram que tivesse morrido. Em 1966, um jornal sueco descobriu que ele estava vivo e o convidou a voltar para a Suécia para completar a corrida. O tempo oficial de Kanakuri na linha de chegada: 54 anos, 8 meses, 6 dias, 5 horas, 32 minutos, 20 379 segundos. "Foi uma longa viagem", ele riu. "Durante o percurso, casei, tive seis filhos e dezesseis netos."

—

Essa história é uma raridade, e acho que o final é feliz. Viu só? Kanakuri desistiu da corrida e nada de ruim aconteceu.

O outro tipo de história — a de atletas que vencem e perdem de modo emblemático — é infinitamente mais melancólico para mim. Tome como exemplo outro corredor japonês, Kokichi Tsuburaya, que era o favorito para vencer a maratona nos Jogos de 1964 em Tóquio. Por ter ouvido quando jovem que apenas se deve olhar para a frente, nunca para trás, ele correu o último trecho no estádio sem perceber que outro corredor estava prestes a ultrapassá-lo. Tsuburaya não conseguiu responder a esse sprint de último momento e acabou com o bronze, em vez da prata. Alguns anos depois, em um dormitório enquanto treinava para os jogos da Cidade do México, ele cometeu suicídio, segurando nas mãos a medalha de bronze. O bilhete deixado por ele dizia: "Não consigo mais correr".

—

Um pesadelo recorrente: estou submersa em uma piscina e olho para baixo vendo a linha escura que marca o centro da raia. Estou nadando. Ah, estou fazendo exercícios para prender a respiração. Bato as pernas com moderação, não muito forte. A linha escura é um borrão enquanto acelero. Minhas pernas estão bem. Meu suprimento de ar parece bom. Então me dou conta de que a essa altura eu já devia ter chegado ao outro lado. Olho para cima, achando que, provavelmente, já esteja lá, mas é como naqueles desenhos animados em que o horizonte se distancia e o coiote fica de "queixo caído", pois não acredita no quanto ainda vai ter de percorrer. De repente meus pulmões se contraem e não me resta mais nada. Mas ainda não cheguei lá! Imagino a fisionomia do Técnico. Em pânico, subo, ofegante. E aí acordo.

Vejo-me em meu quarto de infância. O radiorrelógio despertou porque são 5h15 da manhã, hora de ir para o treino matinal. Lembro meu sonho e encaro como um alerta. Visto meu sobretudo, jogo a mochila nas costas, e logo me vejo a caminho da piscina da universidade onde treino intensamente. Aí também acordo desse sonho, e lembro que desisti disso tudo. Não há mais chances de me redimir.

■

Estou sentada em um escritório estreito com meu coorientador Philippe, que me levou a encontrá-lo em New Haven, onde dá aula, apesar de ambos morarmos em Nova York. Passei meses tentando obter um pouco de atenção dele, e agora que finalmente consegui, estou estragando tudo.

O que parece é que estou defendendo vários pontos de vista de modo equivocado.

De acordo com ele, podia ter evitado a catástrofe que é a minha tese "ao trocar ideias com um colega de espírito crítico". É verdade, eu não fiz isso. Embora não consiga ver como fosse ajudar. No programa interdisciplinar de que participo, todo mundo faz coisas diferentes, combinando nossas várias áreas de interesse em arranjos surpreendentes, como dadaístas. Já que nenhum de nós dispõe de uma língua franca, é impossível colaborar. Você sabia que isso-e-aquilo tal e tal e isso-e-aquilo? Se a resposta for positiva, podemos continuar a conversar. Mas, se a resposta for negativa, a conversa acaba ali mesmo.

Na verdade, nem sei o que os meus colegas estão fazendo. O máximo que consigo é identificar algumas combinações de palavras. Tipo "Julgamentos das Bruxas de Salem" (Sarah), "Golas altas, suportes atléticos e reconstruções feministas" (Diane), "Cultura de biblioteca" (Henry), e "Acidentes com concreto" (Jack).

—

Meena vive dizendo para que deixe de lado a "acepção" do esporte e concentre-me em seu "sentido".

Reflita sobre o historiador Bernard Jeu — um caso fantástico de destino e sorte — que teoriza que todo esporte é uma "meditação sobre a morte e a violência". Então talvez seja o que esteja fazendo: especializando-me em Esportes e Morte.

—

A história humana está repleta de tentativa e erro. Penso no pobre Patrick Fitzgerald, um corredor de longa distância no final do século XIX que teve as pernas rígidas tratadas por um médico que decidiu experimentar uma inovação: o *"cicatrizator"*. Era uma engenhoca que tinha dezesseis lâminas retráteis que expandiam externamente, como as garras de um gato, ao apertar um único botão. O médico usou esse instrumento para talhar as coxas de Fitzgerald em trinta e dois lugares, a fim de ajudar a diminuir a pressão na etapa final de uma corrida de seis dias. Para decepção de futuros corredores, o procedimento foi considerado um sucesso: Fitzgerald conseguiu quebrar o recorde mundial.

O método de tentativa e erro se aplicou também ao treinamento. Era comum que corredores antepassados desmoronassem durante eventos de resistência por seguir regimes de treinamento absurdos, contraintuitivos. Beber água era considerado sinal de fraqueza, mas tomar conhaque e vinho era aceito. Outro elemento usado para melhorar o desempenho era a estricnina (normalmente utilizada como veneno de rato). Os treinadores também incentivavam os corredores a andar.

—

Hoje em dia, atletas de longa distância sabem que precisam treinar e correr de modo cuidadoso, monitorando o esforço com precisão. No entanto, competidores mais intensos também sabem que o excesso de prudência é a antítese da vitória. A todo momento que o corpo dele cedia, o recordista de maratona Derek Clayton fazia o oposto do que sentia e exigia ainda mais de seu corpo — correndo direto em uma ocasião célebre até chocar-se em uma árvore. Era invencível de outras formas também. Certa vez, um dos competidores percebeu que ele tinha perdido a parada para água, por isso gentilmente ofereceu a Clayton a própria garrafa. Depois de beber, Clayton estava prestes a devolvê-la, mas aí, ao refletir, jogou a garrafa longe para que o competidor não pudesse beber dela.

—

No telefone com minha mãe, faço o relatório da semana. Omito os detalhes de minha visita a New Haven.

Meu pai, de repente, pega a extensão em outro cômodo: "Seja mais parecida com Forrest Grumpy!"

"Quê?"

"Faça algo estúpido! Um dia ele acorda e diz, quero correr! E aí ele sai e corre."

"Não tenho mais tempo para fazer coisas estúpidas."

"... Veja, filha, no centro mais interior você livre. Todo mundo livre. Mas sexto centro diz você... você imprestável! Você nada! Não pode fazer isso! Energia cármica fora de equilíbrio."

"Sério?"

"É... Não sei. Esqueço os centros."

E aí, como se não conseguisse controlar o fluxo do Tao, ou não estando mais disposto a andar na ponta dos pés em torno do perímetro de cascas de ovo que espalhei à minha volta como um vodu, meu pai diz do nada: "Aposto que seu amigo que morre não gostava correr".

———

Naquela noite, tento ficar o mais imóvel que consigo. Sento à mesa da cozinha e leio como uma estátua. Sou como uma daquelas estátuas humanas prateadas em um ponto turístico à espera do momento certo para ganhar vida. Transpiro através da maquiagem. É difícil manter a postura.

———

Faço uma busca com o nome de Paul em meu diário virtual pretendendo ler tudo desde o começo. Espero que me ajude a criar outro tipo de narrativa ou explicação sobre o que aconteceu com Paul.

Em vez disso, encontro o seguinte:

3 de agosto, 1999. *Última aula de francês hoje. Pequena comemoração c/ vinho, queijo. Monsieur K é muito bacana... apesar de ele me chamar em um canto depois da aula para falar, "A vida pode ser mais do que uma extensão dos meninos". O que significava meninos P e L.*

Por que meu professor de francês achou que fosse necessário dizer isso? A sensação é tão estranha, mas ao mesmo tempo parece com uma canção de ninar familiar que esqueci que conhecia desde o princípio. Foi uma última tentativa de intervenção?

Como um calço colocado sob algo pesado prestes a rolar? Fecho a aba e fico ali sentada, pensando.

—

A possibilidade de fazer algo errado.

—

Surpreendo-me fazendo psicanálise em mim mesma. O que só aumenta minha decepção, uma vez que o eu do passado recente (fazendo a psicanálise) e o eu no passado imperfeito (fraca, insípida) são ambos igualmente inexpressivos. Assim como o eu do presente, assimilando tudo, encorajando meu eu do futuro.

—

Paul, Louis e eu estávamos realizando um experimento sobre identidade. Será que íamos conseguir ter o mesmo ímpeto, ou não íamos desejar nada? Usávamos a mesma pasta de dente e o mesmo xampu, ouvíamos os mesmos discos, vestíamos as mesmas roupas. Comíamos o mesmo guisado de lentilha e colocávamos os restos nos mesmos potes de iogurte vazios. Fumávamos tabaco do mesmo rolo. De manhã, nos revezávamos fazendo enormes quantidades de café. Líamos o mesmo jornal, o que normalmente acontecia em um revezamento, um de nós lia as manchetes, e o próximo lia a página dois, e outro lia as páginas depois, e repassávamos a informação para os demais e oferecíamos comentários especializados quando necessário.

No entanto, a ambição acabou por tornar difícil compartilhar com igualdade. Competíamos entre nós de modo discreto, embora ninguém quisesse reconhecer.

—

Na república em que a gente morava, uma mansão velha, confusa, adaptada, havia corredores internos que no passado tinham sido usados por criados. Que coisa grotesca, exigir que os criados surgissem de paredes como fantasmas!

Um dos corredores ia da cozinha a meu quarto e ao quarto de Louis. Dali, era possível ir até o quarto de Paul no andar superior. O quarto dele provavelmente tinha sido um *chambre de bonne*, mas agora os antigos aposentos dos criados eram os quartos mais cobiçados da casa por serem acolhedores e terem privacidade, e você não precisava compartilhar o banheiro com ninguém.

A gente costumava chamar nosso corredor de "cordão umbilical".

Não havia necessidade de usar aquelas escadarias limitadas, inconvenientes, para ir de um quarto ao outro, mas usávamos mesmo assim. Quanto mais percorríamos aquele caminho, maior era a sensação de perdão à casa pelo seu passado.

—

Já se observou que, após matar e comer a carne de um animal, caçadores primitivos cozinham junto o couro e o enchem com feno, como se para trazê-lo de volta à vida. Esse impulso é observado no comportamento de macacos que, arrependidos de terem causado um ferimento especialmente grave, tentam fechá-lo com as mãos. O antropólogo Karl Meuli defende que os esforços para ressuscitar os mortos acabam por ser racionalizados em cerimônias fúnebres, que oferecem a oportunidade para extravasar comportamentos destrutivos de luto como arrancar os cabelos, automutilação e a queima de propriedades. Mais tarde, essas cerimônias fúnebres seriam racionalizadas como esportes competitivos.

Com base nas afirmações de Meuli, o historiador David Sansone argumenta que o esporte é um fóssil desse sacrifício ritual de energia. Desde que os esforços físicos da perseguição e do luto deixaram de existir, ficamos tentados a criar outras oportunidades para despender energia como demonstração de devoção. Quem gastar a maior quantidade de energia deve ser porque se esforçou mais e, portanto, merece comer.

—

Se o esporte não é mais que um sacrifício ritual de energia despendida, uma oferenda para mitigar alguma dor autoinfligida, então talvez a obsessão moderna pelo esporte seja uma resposta terapêutica a algum medo oculto que nos coloca em movimento.

—

18/2/2000 *Hoje mais cedo Paul me pediu uma carona até a oficina que está consertando o carro dele. É muito longe, eu perguntei, porque se eu levar você vou me atrasar pra aula. Sim, é longe, ele disse. Como eu era a única pessoa na casa com carro e como era uma emergência, concordei. Ele me deu umas dicas vagas para descer a colina e depois virar à esquerda, e foi o que fiz. Antes de me dar conta, a gente tinha chegado. É isso? A oficina ficava em frente à livraria, eu ia andando até lá quase todo dia.*

—

Encontro meu antigo maiô na gaveta de calcinhas. É difícil vestir. As alças fazem a gordura das minhas costas se comprimirem, dividida em três partes. Encaro-me no espelho, em choque por ter me tornado essa pessoa. Que pessoa? Essa pessoa que agora "recorre" ao exercício.

—

Na piscina. Tem um sujeito careca nadando na raia rápida. Tudo bem: salto na água e nado os primeiros duzentos metros o mais rápido que posso para me aquecer. Aí, por algum motivo, percebo o olhar do salva-vidas me acompanhando de um lado ao outro na raia. Minhas braçadas começam a ficar mais agitadas. O careca que achei que estava em uma velocidade normal, na verdade, é rápido como um torpedo. É exaustivo acompanhar a velocidade dele. Penso em me rebaixar para a raia intermediária; no entanto, nessa raia a atividade é como uma corrida de salmões.

Logo sinto meu rosto esquentando, meu coração acelerado. O careca para de nadar (prejudiquei a raia vazia na qual reinava glorioso), a seguir uma mulher mais velha entra. Agora eu sou rápida, e ela é lenta. Devo ser a pessoa mais rápida nadando em toda a piscina.

—

Como pude esquecer que eu sabia nadar — e sou tão boa nisso!

—

Achei que não tinha energia para gastar, mas depois de me forçar a gastá-la, fiquei com mais energia. Que milagre! É tipo Jesus transformando um pedaço de pão em um monte de peixes, ou sei lá como termina a parábola.

—

(Breve sensação de alegria.)

—

Entendo por que os indígenas das planícies acreditavam que esforços atléticos eram capazes de expulsar demônios e curar doenças. Entendo por que achavam que o esporte tinha um efeito purgatório. O esforço traz ao corpo a experiência do "como se", sangue novo pulsando nas veias. Suar, secar, reabastecer. Uma piscina limpa que brilha cintilante quando o sol reluz na superfície.

—

Quando eu ia nadar em piscinas públicas, era habitual as pessoas me perguntarem, "Você é uma nadadora famosa?". Tinha gente que pedia para eu treinar os filhos deles.

—

Hoje mal consigo erguer os braços para passar a camiseta pela cabeça. Músculos doloridos! Engraçado como de impulso os velhos hábitos voltaram à vida. O modo natural como enrolei uma toalha na cintura, enfiei os óculos de natação e a touca debaixo das alças do maiô, chacoalhei os braços ao redor do corpo. Senti meu corpo novamente. Eu sentia os traços do movimento que estava fazendo. A água se acomodava nas mãos e se liberava.

—

Não consigo nem tossir sem sentir uma pontada nos músculos da barriga, mas sou grata por esse lembrete dolorido de que estou fazendo algo com meu corpo.

—

Ao refletir sobre o assunto, acho que Paul tinha o próprio modo de despender esforço. Ele empregava sua energia pensando. Aqueles relaxantes musculares que gostava de tomar desativavam meu cérebro, mas ele continuava capaz de estudar sem problemas. Quando tomei, fiquei imaginando que todas as reentrâncias do meu cérebro estivessem se nivelando. Eu tinha dado um duro danado para conseguir cada reentrância daquelas! Disse em tom enfático a Paul. Mesmo depois de várias xícaras de café e de horas de jogos on-line para aguçar o cérebro, eu continuava grogue. Depois de uma longa soneca à tarde, o efeito do remédio havia passado e consegui raciocinar novamente. Fui até o quarto de Paul e o questionei sobre ele tomar aqueles comprimidos. Por que ingerir algo que o deixa incapaz de pensar? Ele não era o astro dos alunos do departamento de filosofia? Por que arruinar as próprias chances? Paul riu. É esse o ponto, ele disse. A droga é uma barreira que você tem de ultrapassar. Para deixar mais divertido. Meu deus, eu pensei, o cérebro de Paul é tão intenso que precisa de desafios. O pensamento normal é como correr na planície enquanto podia estar treinando na altitude das colinas.

Meu respeito por ele cresceu arrebatadoramente depois disso.

—

Em certo sentido, eram sinais de alerta. O uso de drogas, a relutância em se movimentar, as declarações sombrias filtradas pelo meu tom melodramático. No entanto, o desespero não era parte da fantasia que usávamos? E que tal quando ele começou a chorar durante o discurso de formatura — será que era um sinal? O surto que ele teve ao perder os arquivos que tinha salvado naquele disquete todo ferrado da infância? Mas tudo aquilo parecia se justificar: se a sua mãe morresse, você não ia chorar? Fiquei abismada com a determinação dele de passar por aquele ano. Mesmo assim ele ganhou o prêmio pela tese; mesmo assim ele impressionava os professores no geral.

—

Acho que um modo de descrever alguém que chega ao auge na vida cedo demais é chamá-lo de fogo-fátuo.

Quem mais entra na categoria de fogo-fátuo? Jim Peters pode ser um deles.

Nos anos 1950, o corredor britânico Jim Peters revolucionou a corrida ao inventar uma nova estratégia. Independentemente das condições, devia-se correr o máximo que pudesse na frente. Para ele funcionou bem: ao se aposentar em 1954, tinha quatro dos seis melhores tempos da maratona.

A moderação não era o ponto forte dele; Peters tinha um tipo de planta espinhosa dentro de si que era como uma fogueira malfeita, com uma chama temporária, mas insustentável. Esse aspecto, além de uma confluência de eventos infelizes, levou--o a se aposentar apenas dois anos depois de voltar à ativa. Depois de um mau desempenho nas Olimpíadas de Helsinque (o avião em que viajava tinha sido atingido por um raio), Peters tentou se redimir nos Empire Games em 1954, em Vancouver. No entanto, o percurso era cheio de subidas e descidas e mais longo do que o normal, e estava um dia excessivamente úmido e quente. Independentemente do clima, Jim Peters correu como de costume, em um ritmo "suicida". Como era de esperar, ele se afastou tanto do pelotão que entrou no estádio dezessete minutos inteiros antes do segundo lugar.

A entrada dele deixou o público aturdido, em silêncio, e, a seguir, manifestando-se em um sonoro protesto. Superaquecido e desorientado, ele cambaleou, caiu, e então agiu de modo deprimente, o que leva o espectador, no geral, a compreender que o corredor chegou ao fim de sua resistência. Peters começou a correr em sentido contrário. Depois de onze minutos de esforço inútil, caiu de costas, com a boca espumando. Seria a última maratona dele.

—

(O vencedor dessa corrida foi um escocês que também tinha
caído cinco vezes, e que, de fato, estava sentado no meio-fio à
espera da ambulância quando soube que Peters havia abando-
nado a prova. Sem refletir, ele levantou, sacudiu a poeira e, em
uma corrida desacelerada, foi ao estádio reivindicar o prêmio.)

—

E do que eu desisti? Da última vez que o dr. M perguntou, eu
chorei e parei de falar. Por isso nossas conversas, agora, torna-
ram-se muito abstratas. Mas gosto da brincadeira. A abordagem nada nonsense, meio de avô, aplicada por ele — um método, tenho certeza — faz com que me sinta menos frágil, e
seu sotaque nova-iorquino ajuda no geral. Sei que é atípico e,
provavelmente, pouco profissional, mas ele possui raquetes
de tênis antigas e um pôster do Arthur Ashe nas paredes. De
algum modo, eu o acho cativante.

Depois de eu fazer minha pequena atualização, dr. M começa a
me questionar. (Ele tem de falar em tom alto porque apresenta
um problema no quadril e só consegue realizar as sessões totalmente reclinado em sua poltrona de couro, com as pernas
para cima. Além disso, a audição dele não é boa.) Ele me encara
olhando para a ponta do nariz.

"A vida é um jogo?"

Ao que eu respondo: "Não é?".

Ao que ele responde: "E se for?".

Aí digo: "Se for, então tudo é arbitrário".

"E daí?"

"E aí não existem absolutos."

"E daí?"

"E aí nada tem sentido."

"Você precisa de absolutos para achar que algo tem sentido? Você acredita em Deus?"

Normalmente é o que basta para me deixar confusa, o que parece dar a ele grande satisfação. "Você não vê? Nós somos apenas um bando de merdinhas que vai morrer."

Ele solta uma risadinha, que se torna uma tosse seca, aí apanha o copinho descartável de café, que observa por um momento, assistindo às gotas marrons que escorrem pelas laterais, e vira o copo lentamente com a mão trêmula.

"Por exemplo, veja essa merda de café nessa merda de copo... Eu pego, tomo, me encho de cafeína e me sinto bem. Não é o melhor café do mundo, mas funciona. É isso. Não tem de ter sentido."

"Não entendi."

"O que eu quero dizer é que todos somos como esse copinho de merda. Nós fazemos nosso trabalho, e depois vamos pro lixo."

Ele fala em tom alto em direção ao teto: "Nada disso tem sentido". (Mesmo que ele não pense na própria mortalidade, eu penso nisso constantemente.) "Por que se preocupar com isso? Faça o que você gosta. E, se deixar de gostar, pare de fazer."

—

"Se deixar de gostar, pare de fazer." Você está tirando sarro da minha cara? Até onde o conselho do dr. M é útil? Afinal, é um homem branco de determinada geração em que, se você é de certa classe social, as coisas só têm como ser melhores ...

—

Por outro lado, não tem como negar que tomar café aumenta a sensação de competência. Por que não dizer posso em vez de não posso? Na biblioteca mais uma vez. Algumas horas se passam de modo impressionante. Transfiro os parágrafos utilizáveis do documento <ANOTAÇÕES — ESPORTE.doc> para o documento <TESE — ESPORTE.doc> e, como de costume, envio a mim mesma os dois documentos por e-mail. É um método ilógico, mas me dá imenso conforto. O último anexo tinha 294 kB. O de hoje tem 297 kB. Amanhã vou editar então devo perder alguns kB. E assim acontece. Um ciclo infinito de progresso e retrocesso.

■

Há dois tipos de pessoas: as que esperam o ônibus e as que o perseguem. Duas mulheres esperam em um ponto de ônibus com sacolas de compras de tamanhos idênticos. Uma delas, a que espera, avista um lugar disponível. Ela senta imediatamente. Espera o ônibus. Não importa se ela está lendo, ouvindo música ou olhando para o vazio. Independentemente de como estiver ocupando o tempo, ela não vai sair dali até o ônibus ter chegado, ainda que tenham se passado mais minutos do que o normal. Para ela, o tempo gasto com a espera do ônibus é tempo perdido; não tem nada que possa fazer para o ônibus chegar mais rápido.

A perseguidora de ônibus, por outro lado, jamais senta. Ela fica de pé com a sacola no meio das pernas como se fosse uma pata com os filhotes. Estica o pescoço para enxergar a esquina até onde der. Com todo ímpeto, tenta pressentir se o ônibus chegou, ou está prestes a chegar. Apanha as compras e dá um pique até o próximo ponto. O ônibus ainda não chegou. Ótimo, ela pensa; conseguiu se exercitar um pouco e diminuiu o tempo que vai passar no ônibus. Passa um tempo, e nada do ônibus ainda. Essa mulher não consegue pensar por que, mas esperar é a coisa que ela mais odeia no mundo. Pega as compras outra vez para andar até o próximo ponto um pouco mais à frente. Mas antes que consiga chegar, o ônibus passa acelerando por ela. A perseguidora avista o ônibus e começa a correr.

Enquanto isso, as sacolas de compras rasgam e as maçãs já começam a rolar pela rua. Um carro passa por cima de algumas delas. Concluindo, a perseguidora de ônibus leva mais tempo para chegar em casa que a mulher que esperou sentada.

—

Minha amiga Cole é um anjo onisciente. É comum que surja do nada para iluminar meu dia e depois desapareça na cidade, discretamente como chegou. Às vezes a encontro no café aonde vou para escrever; outras, esbarro com ela enquanto destranca a bicicleta bem longe em Gowanus, onde acabou de realizar uma entrega. Agorinha mesmo, estava em Chinatown comprando pão para o restaurante vietnamita onde trabalha.

Odeio o tom lamurioso de minha voz. É uma injustiça total Cole ter de ouvir, mas suspeito de que toda amizade seja um ato de compensação. Entre nós duas (neste momento), eu sou a choramingona da rodada e ela, a heroína que apoia, embora ela possa ser a choramingona da rodada de outra pessoa. Se ambas começassem a se queixar, é provável que não desse para a gente manter a amizade.

—

Cole parece ter dominado a arte de "permanecer no presente". Para de pensar assim que o pensamento dela tende à preocupação.

—

No rádio. Uma pesquisadora da área de psicologia, ex-nadadora, indaga a resposta para uma dúvida que tem há muito tempo. Como é possível que duas pessoas com as mesmas condições físicas possam ter uma variação tão grande de tempo ao nadar? O que torna um vencedor capaz de vencer?

Fico antenada imediatamente. Sim, como? Qual é o segredo?

Para responder a essa pergunta, a pesquisadora pediu que uma equipe de nadadores de uma universidade preenchesse um longo questionário sobre se sentiam prazer ao fazer cocô ou se tinham fantasias sobre violentar pessoas.

A premissa da pesquisadora era de que atos como esses — cagar, trepar — podem ser desfrutados por todos de modo universal e têm a ver com desejos humanos básicos, por isso se você afirma não pensar nisso, está simplesmente se enganando. Ela ainda perguntou sobre assuntos não prazerosos. Você pensa em se matar? Sente raiva? No final da pesquisa, ela indagou os participantes para saber se estavam felizes.

Os atletas de ponta, na maioria, respondiam "não" a pensamentos escatológicos, estupro, sodomia e suicídio, e "sim" para indicar felicidade. Conclusão: bons atletas são iludidos, mas, em geral, mais felizes e menos amedrontados do que os maus atletas que responderam com sinceridade.

Vou ao site do podcast para investigar os dados. O título do estudo é: "Nadadores que mentem para si mesmos nadam mais rápido".

—

Cole envia uma mensagem: Lendo os diários de Joe Brainard. Ele encomendou dois letreiros para colocar em seu estúdio. PACIÊNCIA e CONFIANÇA.

—

E se a resposta for "simplesmente faça", como diz meu pai. Faça algo estúpido. Não consigo me esquivar do pensamento de como toda essa pesquisa sobre esporte, no fundo, é uma bobagem, legitimada por minha mirrada bolsa e pela minha carteirinha de estudante, um passaporte que me permite entrar na biblioteca da universidade sempre que quiser para estar no meio de um monte de outras pessoas que estão praticando a mesma atividade estúpida.

—

Da próxima vez na piscina: "Você consegue continuar! Não está cansada!". (Não funciona.)

—

É inevitável. Estou indo me encontrar com Meena no gabinete dela. Há umas duas semanas, fiquei bêbada e, finalmente, enviei o esboço de minha tese a ela. Meena diz que conseguiu lê-la. Envia um e-mail curto, escrito de um jeito estranho, que pedia que fosse falar com ela o quanto antes. Não pode ser boa notícia.

O gabinete dela é um pouco afastado do campus, no ático de um casarão residencial adaptado para uso da universidade. Talvez por ser a professora mais renomada do departamento, seu gabinete fica no último andar, com amplas janelas, mas teto excepcionalmente baixo. Embora ela jamais pareça se incomodar, toda vez que alguém de estatura normal entra precisa se curvar ligeiramente. A impressão é de sempre estarmos a reverenciando.

Subo as escadas rangentes e fico sem fôlego. Quando chego lá em cima, ouço a voz de outra pessoa. É uma voz masculina, um homem comum da rua, não um estudante. Por algum motivo, são sempre homens que frequentam o gabinete dela. Eles andam em torno da casa à espreita, perguntando por ela, e deixam cartas secretas. Uma vez pude ver quando abriu uma carta com a imagem de um carrasco cheia de símbolos malucos.

"Francamente não sei o que você quer", ela diz exasperada. "Escrevi aquele livro faz mais de dez anos. Por que você não tenta lembrar o que pensava dez anos atrás?"

Imagino pelo barulho que o sujeito esteja pegando as coisas dele, furioso. Passos pesados em direção à saída. A porta se abre, e ele passa chispando por mim e desce a escada como um menininho mimado, contrariado.

Meena parece aliviada em me ver.

"O que aconteceu?"

"Pessoas", ela suspira. Faz um gesto para que eu sente, depois remexe em várias sacolas de lona no chão. Meena havia prendido as páginas de minha tese com elástico. Está tudo impresso em uma fonte grande, talvez tamanho 16. Logo na primeira página é possível ver uma sobreposição de riscos e pontos de interrogação de um azul brilhante.

"Então. A gente tem de conversar. Não vou dourar a pílula. Você não vai entregar a tese neste semestre. Acho melhor você pedir uma prorrogação e continuar trabalhando. Precisa definir os capítulos. Urgente. Você está se atolando em pesquisa, e não está acrescentando nada. Não, não, não. Chega de pesquisa. Você precisa checar o que tem e começar a conectar melhor as coisas. Olha só. Isso aqui. Não é uma boa ideia. Precisa de ajuda. Foi por isso que quis que fosse àquela conferência. Você não devia estar tão isolada."

Ela divide o trabalho em potenciais capítulos, tentando entender o trabalho ali à mesa. Sinto náuseas. Juntas, fazemos uma lista de questões e tópicos que preciso resolver. Meia hora depois, outra batida na porta. É outra orientanda dela, que não reconheço. Meena olha para o relógio e pede desculpas, encerrando nossa reunião. Pego as folhas e coloco o elástico nelas novamente. Quando estamos saindo, ela me convida para uma festa de lançamento do livro que vai haver na casa dela mais tarde. Fica parada na porta esperando que eu coloque o casaco para poder trancar a sala. Subitamente sinto vontade de dar um abraço nela, mas não somos íntimas. Então agradeço e cabisbaixa saio para a rua.

—

Sentada no trem, uma sacola de lona sobre o colo com minha tese. Sinto os cantos do papel de minha tese cutucarem minha coxa. É hilário que o dr. M tenha sugerido que eu seja perfeccionista. Na minha cabeça consigo ver através do tecido da sacola, vejo as páginas com marcações em azul. Obviamente imperfeita. Sinto-me como uma terrorista com esse segredo embrulhado no colo. Uma bomba. Calças sujas. Ninguém sabe. Penso com grande satisfação como vou falar sobre o assunto na próxima sessão com o dr. M e, de certo modo, me sentir absolvida. Está vendo? Vou dizer. Eu não sou louca.

—

Prazos fatais.

—

SARAH: Pense em todos os doutorandos de todas as universidades que se titulam todos os anos.

JACK: Não.

SARAH: Tá, pense apenas nas dez melhores universidades. Você acha que há quantos de nós?

JACK: É tão masoquista. Por que você faria isso consigo mesma?

SARAH: Para colocar as coisas em perspectiva.

—

Um grupo de pós-graduandos meio grogues aguarda para usar o único banheiro de Meena. Aparentemente fui em direção ao banheiro procurando algo para fazer. Ouço um grupo de mulheres fofocando sobre a orientadora de uma delas que roubou a pesquisa da amiga. Nem todo mundo consegue girar a cabeça nesse jogo de pingue-pongue na velocidade necessária. A conversa parece incômoda.

Um homem alto parado à minha frente dá meia-volta na fila. Oi. Ele sorri com ar de cumplicidade. Oi. Também sorrio. Gesticula de modo incerto que não entendo. Como se estivesse perdendo o equilíbrio, prestes a cair. Quê? Rio um pouco.

Ao saber no meio de nossa conversa fiada que Meena é minha orientadora, ele arca a sobrancelha, de súbito mais interessado, embora tente ocultar sua reação. Mais tarde ele pede que eu os apresente.

—

Hierarquia natural das festas. O objetivo de se embebedar é chegar a um patamar mais alto. Por isso estar bêbado é conveniente. Gente sóbria tende a permanecer no mesmo nível ou a descer a um patamar inferior, onde a sensação de segurança é maior.

—

Em casa, no fórum on-line de pós-graduação. Esses fóruns sempre trazem certo alívio, ainda que eu nunca poste nenhuma pergunta nem responda nada. Consigo entender o suficiente juntando vários trechinhos universais. Abro uma série de abas com os seguintes tópicos:

Estou fazendo a coisa certa?

Está difícil ir em frente

Não quero decepcionar as pessoas

Em geral eu sou o tipo de estudante que diz, "Estou bem"

Socorro! Sofro da Síndrome do Impostor!

—

"A Síndrome do Impostor normalmente bate no terceiro ano. É normal. Antes, você se encontrava em uma etapa de incompetência inconsciente. Agora você está na etapa da incompetência consciente, indo rumo à competência consciente."

—

Em uma de nossas sessões, dr. M disse que tendo a rir no fim de tudo que digo, mesmo quando não digo nada engraçado.

Pensando agora, meu pai tem o mesmo tique.

Depois de falar com ele no telefone, percebo a mesma risadinha silenciosa após cada declaração importante. "Ontem à noite fiz umas contas, e parece que eu e sua Mãe estamos em uma situação financeira bem difícil…" [hehehe] "Não sei se a gente vai conseguir..." [hehehehe] "Já usamos metade do dinheiro das economias para faculdade da Sally..."

Aparentemente a única coisa que posso fazer é dar uma resposta igualmente despreocupada. "Ah não!" Digo em um tom de fofoca, como se para comprovar que não estou totalmente devastada ou à beira do pânico.

—

Surpreendo Louis no chat enquanto checa o e-mail em uma biblioteca pública. Diz que está na França, em uma cidadezinha na costa do Atlântico, fazendo trabalho voluntário com um bando de jovens infratores. Eles foram incumbidos de restaurar um muro antigo.

"parece sensacional! Você realmente está conhecendo o mundo!", digo. Sinto uma ponta de inveja quando falo e, de imediato, surge o remorso.

Louis sai do chat logo depois. Noto que começou a digitar todas as frases com maiúscula e terminou sempre com ponto. Essa tentativa deliberada de seriedade me entristece.

—

Abro meu computador para googlar "filhotinhos animais tumblr". Procuro "knut urso polar". Procuro "knut filhote vídeo". Clico em um link "cuidador knut morto". Procuro "cuidador knut morto causa". Procuro "cuidador knut conspiração". Estou entediada. Procuro "animais falando". Procuro "animais falando novo". Procuro "o que significa quando gato diz 'rom'?". Procuro "gato maus-tratos". Procuro "pensadores famosos". Procuro "pensadores famosos jovens". Procuro "jean cocteau jovem". Faço uma pesquisa de imagem. Procuro "jovem cocteau sombrio". Procuro "jovem sombrio cocteau gato". Finalmente consigo uma foto do Cocteau. Procuro "cocteau sem camisa". Procuro "cocteau praia sem camisa". Não acho nada. Procuro mais uma vez "homens jovens sem camisa". Leio uma coisa engraçada. Procuro "como escritores se mantêm magros". Procuro "conselhos vida sedentária". Procuro "escrevendo sobre a esteira". Procuro meu próprio nome. Procuro meu nome novamente, com pontos de interrogação. Clico em algo. Procuro "horóscopo áries". Procuro "mercúrio retrógrado quando". Procuro "mercúrio retrógrado datas". Leio umas páginas de bobagem. Procuro outra coisa.

—

Mais tarde naquele dia, na piscina, decido nadar do jeito que eu quiser. Troco de braçada aleatoriamente, indo mais rápido ou mais lentamente dependendo do cansaço que sinto. Permito-me até mudar de ritmo no meio da piscina. Minha nova filosofia é que simplesmente vou acreditar na ideia de pegar leve. No entanto, por mais que pareça libertador, também causa profunda sensação de insatisfação. Nadar assim parece uma perda de tempo. Apenas quando digo a mim mesma "cem chegadas", o tempo começa a passar mais rápido e com sentido.

—

O modo assertivo como a barista diz "SENHOR! SENHORA!" para pedir que os clientes se aproximem. A confiança que você descobre quando tem um trabalho a fazer.

—

Está chovendo durante o dia todo. Sem conseguir ler, abro meu computador. Isso acontece com frequência cada vez maior: quanto mais preciso terminar algo, mais me sinto compelida a checar o Facebook. Rolo a tela apreensiva, como se estivesse a despertar. Envelhecemos com nossos posts. Antes, tinha fotos de festas; agora, tem reprises de séries, doenças, bebês, empregos que as pessoas vão abandonar, empregos em que as pessoas vão começar. Visões políticas para expressar. Ciático. Enxaquecas. Olha aí a Torre Eiffel pinçada com os dedos. Olha um coco usando óculos de sol. Veja o panda que anda de bicicleta! Imagens de casal estão cada vez mais frequentes. Bebês surgem. Esse casal está flutuando em um imenso oceano esverdeado, segurando dois balões vermelhos, em formato de coração. Estão tão distantes que parecem dois palitos de dente suspensos no céu. Minutos se passam, ninguém me interessa, mas sinto inveja mesmo assim. Atenção! Será que vão responsabilizar os bancos? Rolo a tela por tanto tempo que já nem leio os posts, rolo só pelo ato de rolar. Rolo, espero novos posts carregarem, depois rolo novamente, e esse padrão rítmico me acalenta em direção a um torpor neurastênico.

—

Então subitamente Paul surge na timeline. Um amigo em comum marcou uma foto dele. Na foto, Paul está de pé contra o pôr do sol, a fisionomia em silhueta. Que foto terrível. Ele parece um eclipse. Essa foto casual que alguém desencantou de seu disco rígido assumiu o infortúnio de se tornar um arquivo para testemunhos. Os comentários lembram vagamente o livro no qual visitantes de algum destino deixam seu depoimento. "Saudade!!!" "RIP, cara" "1979 para sempre."

Especialmente enervante é um conhecido chamado "Jonny Z" que nem se dá o trabalho de checar o restante dos comentários antes de postar:

Aê, cara, voltou pra baía?

E aí, percebendo o erro, complementou a mensagem com:

Pq estive pensando em vc :***(

Por algum motivo, esse post me deixa com mais raiva do que qualquer outra coisa na página. Dá vontade de dizer pra todo mundo como são patéticos. O único motivo para estarem postando essas condolências estúpidas nesse post, que ninguém está lendo, é levá-los a se sentir melhor.

No entanto, agora que cliquei no perfil de Paul e esquadrinhei cada centímetro, meu computador, programado para presumir certas coisas sobre meu comportamento, dispôs a foto dele em destaque na barra lateral como sugestão de pessoas com quem eu deveria "retomar contato".

—

Dias depois, na terapia. A vida não é uma corrida, dr. M me diz. A vida não é uma corrida, não é uma competição, não é um jogo.

Tenho vontade de chorar, mas canalizo em um sorriso transbordante, persistente. Quando saio, minha mandíbula dói. Também estou estranhamente faminta. Como um x-bacon inteiro em uma sentada.

Olimpíadas da alma

Uma semana se passou. O que andei fazendo? Não estive corrigindo minha tese, eu garanto. Permanece ali próxima à porta, uma hóspede não muito bem-vinda.

—

Hoje me chamaram de "senhor" na piscina. Eu tinha acabado de me trocar e estava enchendo minha garrafa em silêncio no bebedouro quando o salva-vidas me aborda com um tapinha nas costas:

"Senhor?", ele disse.

Eu me virei. "Opa. Mil desculpas. Achei que fosse outra pessoa."

"Tudo bem", eu ri. "Até meus amigos se confundem com os pronomes."

Olhou-me meio confuso. Nas mãos dele havia um par de óculos de natação que presumivelmente pertenciam a um homem que se parecia muito comigo, e ele queria devolver. Quase me ofereci para entregar. Parecia fazer sentido que, enquanto estivesse envolvida na transação, os óculos fossem acabar chegando ao sujeito que era igualzinho a mim. Ficamos ali meio sem jeito até que um de nós acabou por dizer "Obrigado" ou "Boa sorte" ou "Bem".

Enquanto caminhava para casa, pensei, com esperança: se um estranho que não é meu parente pode ser exatamente como eu, pode ser que um estranho que não seja meu parente possa pensar exatamente como eu também. O que ao menos quer dizer que posso não estar totalmente sozinha.

—

Dois porteiros em um intervalo para fumar:

"Ontem fiz cem repetições no supino!"

"Uau, bacana. Você vai notar mudanças. Lá por agosto."

(A paciência ilimitada dos porteiros.)

—

Minha mãe aplaude minha ida à academia, mas, quando descrevo a ela quantas horas envolvem o processo total — pôr as coisas na mochila para ir à academia, ir à academia, pôr o maiô, ir para casa e desfazer a mochila —, ouço uma respiração acelerada. O som de alguém que morde a língua.

—

De um livro de autoajuda: Faça cócegas em um poodle. Faça trinta e seis flexões. Escreva quinze minutos ao dia.

—

Pergunto a Sarah, minha colega mais produtiva, como consegue "criar" com tamanha constância, acreditando que tenha dicas para me dar. Ela sorri abatida. Se quero aplicar a estratégia dela, ela só pode sentir compaixão por mim. Por quê?, pergunto. Pense em todas as crueldades que alguém já tenha dito e as direcione contra si mesma em tempo integral, ela diz. No entanto, quero logística, gráficos, padrões temporais. Sarah diz que acorda às cinco horas diariamente, mesmo nos fins de semana, e escreve antes do marido acordar. Aí sai para andar com o cachorro, e tomam café da manhã juntos. Como você consegue? Qual é o segredo? Mas não é uma questão de disciplina, ela continua a dizer. Na opinião dela, não é algo voluntário. Obriga-se a agir assim porque é agora ou nunca. Por exemplo, nas festas de fim de ano, a família do marido dela fez um jantar formal na casa deles. Ao procurar o lugar dela à mesa, constatou que o tinham reservado ao lado de um cadeirão de bebê. Não era nenhum bebê que conhecesse. De quem era aquele bebê? Ninguém assumiu responsabilidade por ele. O marido dela deu de ombros e pareceu frustrado, tipo, Ah, o que você quer que eu faça? A mãe dela simplesmente fingiu que era totalmente normal ter um bebê ali. O bebê feliz dava golfadas e comia um mingau esverdeado e cereais. Quando já tinham iniciado a refeição, outra parente, uma mulher cativante, bem cuidada, de trinta a quarenta anos, entrou às pressas e pediu desculpas pelo atraso. O lugar reservado a ela era do outro lado do bebê. Sarah olhou para ela e disse, É seu o bebê? Não, não era. A prima parecia agitada. À medida que o jantar avançava e as conversas discretas começavam a ficar mais ruidosas, aventurando-se no território da embriaguez do vinho, Sarah se debruçou e disse à prima: Você acha que isso é uma espécie de... A prima acenou com a cabeça concordando e respondeu, Que merda de encheção de saco. Ter uma carreira não basta? A suspeita de Sarah estava certa. Afastaram as cadeiras e trocaram palavras pelas costas do bebê. Por que eu devia desistir de tudo que me esforcei para conquistar? As duas mulheres ficaram conversando durante o jantar como se o bebê fosse um homem lacônico e imóvel em um avião. O tempo para as mulheres é como um animal que quer se livrar da gente sobre seu dorso, Sarah disse. E a gente mal consegue se segurar. Vinte e poucos, trinta, quarenta anos, se der sorte. Aí o bicho vence.

—

Na dúvida, vá nadar. Acho que demonstra grande maturidade de minha parte.

—

Cada vez mais penso em mim na terceira pessoa. Não há mais como fingir. Ela vai ter de fazer alguma coisa ou não fazer nada e continuar a seguir em frente, às cegas.

—

Agora entendo. O poema de Robert Frost que todo mundo tinha de decorar no sexto ano não é sobre a impossibilidade de escolher entre dois caminhos. É sobre ser capaz de voltar para escolher o outro caminho.

—

JACK: É evidente que eu escolhi o caminho errado!

—

À procura de empregos de meio expediente nos classificados. Lembro de meu pai horas curvado na frente do computador olhando anúncios de casas que não podia comprar. Eu presumia que fosse apenas um disfarce para uma vida dupla, secreta — pornografia talvez —, mas não, ele estava apenas relaxando, na verdade. Hoje finalmente entendo. Essa busca semi-intencional é como um Halloween para adultos, uma volta na quadra à procura de fantasia. Por que eu não poderia ser uma ciclista mensageira/professora de dança em pré-escola/assistente de floresta urbano? De imediato me ocorre que talvez pudesse conseguir um emprego de meio expediente no café em que a Cole trabalha. Escrevo um e-mail para sugerir a ela a ideia. Algumas horas depois ela responde: Claro que você pode se candidatar, mas não acha que está sendo um pouquinho melodramática?

—

O que minha mãe diz: Bom, sempre acho que quando se precisa dar duro para conseguir comida e um teto não se perde tempo pensando sobre significado. Alguém que está perdido no deserto nunca vai questionar, Será que há cancerígeno nessa bebida azul? Pensar sobre força de vontade já é estar de férias. Imagine, você pode escolher, isso ou aquilo? Eu e o seu pai nunca tivemos escolha. Vir para cá foi como ir ao restaurante bacana chamado Estados Unidos, onde a gente se alimenta dos restos do que os outros pediram. E no restaurante a gente também lava toda a louça e ainda gritam com a gente. Você consegue imaginar? Sem dinheiro. Sem amigos. Seu pai foi despedido. O carro velho de sua tia emitia tanta fumaça que às vezes a gente ficava zonzo e dormia. Tudo era assustador em Los Angeles! Terremotos, incêndio florestal, gente com armas. Uma vez a gente quase bateu em um Lexus! Esse era meu maior medo. E eu lembro que estava no hospital com sua irmã quase nascendo e eu não sabia como dizer "Dor!". Então eu puxava o cabelo. A gente apenas pensa, somos uma família e independentemente do que acontecer não podemos deixar a peteca cair. Mas a gente nunca se questionou, há sentido? Essa dor horrível representa alguma coisa? Qual é o propósito? Qual é o objetivo? Apenas estamos felizes por todo mundo estar vivo e unido. Então o que eu acho de gente que pensa qual é o sentido da vida? Eu acho... que essa pessoa perfeccionista está filosofando. Ou é muito esperta em arranjar desculpas para não trabalhar.

—

Minutos depois sinto-me culpada por acusar minha mãe de me chamar de acomodada, então ligo de volta para pedir desculpas. Ela fala alguma coisa sobre os americanos esperarem demais da vida. Expectativas altas demais, como sapatos que são enormes para calçar. Sapatos de palhaço.

—

No metrô, vejo uma bebê em um andador que observa curiosa o rosto das pessoas. Analisa cada expressão, gravitando em direção aos que sorriem, os que se dirigem a ela. A responsividade instantânea das crianças é um lembrete de que o comportamento humano é meramente uma longa série de estímulos e respostas. Faça um gesto, pronuncie uma frase, depois avalie a resposta. Os jovens entendem esses sinais de imediato.

Por exemplo, rapidamente aprendemos que certas atividades causam respostas mais estimulantes que outras.

Tente:

- Diga a alguém que você é garçonete, lavador de louça, caixa. Não, não em meio expediente.
- Diga a alguém que está indo a algum lugar distante — exótico — de bicicleta.
- Diga a alguém que está cuidando de seu avô doente, ou do seu pai ou de um irmão. Você precisou "deixar a sua vida temporariamente de lado".
- Diga a alguém que dá aulas. Universidade ou escola pública? Você decide.
- Diga a alguém que tem um milhão de dólares.
- Diga a alguém que tem um dólar.
- Viu como funciona?

—

Novo encontro com Ellen. Ela pergunta o que estou fazendo. "Ainda trabalhando na tese?" A palavra "ainda" entrega tudo. Percebendo, ela imediatamente diz, "não estou querendo insinuar que você não seja normal, tipo que exista algum cronograma que não tenha dado conta de cumprir…".

E eu acrescento, "É só que já passaram ah, cinco, seis, sete anos e eu continuo fazendo a mesma coisa, e eu não mudei, e nada mudou".

"Não foi isso que eu quis dizer", ela responde.

"De todo modo você tem razão, porque se espera que a gente termine o trabalho em certo limite de tempo, e eu estourei o prazo. É um uso semanticamente justificado da palavra 'ainda'. Contei que pedi mais uma prorrogação? Que perdi os privilégios de docente porque estou oficialmente fora do prazo regulamentar? Se não conseguir essa prorrogação, vou ter de pagar por esse tempo do meu bolso."

—

O fato é que há uma criança em meu prédio que, quando me mudei, ainda tocava no violino um refrão choroso de "Brilha, brilha, estrelinha". Ela era desafinada e tocava em um tempo acelerado, impertinente, que era horrível de escutar. Toda semana recebia uma peça nova para estudar e implacavelmente destruía a música. Hoje, quatro anos depois, ela está tocando um concerto para violino complicado. Sabe fazer vibrato, mudar de posições e tocar notas agudas na corda mi. Consegue até simular expressividade. Ou pode ser que não esteja representando nada e tenha realmente aprendido a amar a música.

—

"A diferença entre alguém bem-sucedido e alguém que não tenha chegado lá não é falta de força ou conhecimento, e sim de força de vontade." Vince Lombardi.

—

Eu estava tão ansiosa para mostrar ao dr. M a catástrofe que era a minha tese. Até levei o trabalho comigo para a sessão. Está vendo? Não sou uma perfeccionista! Aqui está a prova de que meus receios são justificados!

O inveterado profissional: "Parabéns!".

"Pelo quê?"

"Por fracassar! O seu pior medo tornou-se realidade! O que você fez depois?"

"Tomei sorvete. Senti pena de mim mesma..."

"Compare com o que você achava que ia fazer... Meu Deus... Minha querida! Por que está me olhando assim? Não é tão simples? Veja, eu tinha escrito aqui. Qual seria a sensação do fracasso? Seria como morrer. Mas parece que você está bem."

—

Há ocasião em que se sai da sessão arrependida pelo dinheiro que foi gasto.

—

Perfeccionistas. Por que algumas pessoas são assim e outras não?

Os atletas mais obcecados com a perfeição talvez sejam os ginastas e os patinadores artísticos. Nesses esportes, cada pequeno movimento ou inclinação por mais supérflua que seja pode contar muito, os atletas precisam dedicar-se obsessivamente à perfeição.

Como esse ímpeto pela perfeição é incutido? O livro *Little Girls in Pretty Boxes*, de Joan Ryan, esboça um panorama sombrio. O famoso casal de treinadores de ginastas, Béla e Márta Károlyi, que treinou Nadia Comaneci, a ginasta mais lembrada por conseguir o primeiro dez perfeito, descobriu um método infalível. Era simples: destrua o senso de autoestima de uma garota de modo que receber a aprovação de pessoas influentes (os técnicos) se torne a única razão para a existência dela.

—

E assim Béla explorava inseguranças. Ele chamava as ginastas de gordas e as depreciava. Certa vez pegou uma barata do chão e disse a uma ginasta, "Parece você". Béla as chamava de cabras prenhas. Aranhas prenhas. Perus de Natal com recheio demais. Sem nenhuma autoestima, elas olhavam para ele em busca de qualquer indício de aprovação. Essas meninas estavam dispostas a competir com tornozelos e pulsos fraturados, tomando analgésicos, tornando-se bulímicas. A ginasta Kristie Phillips: "Você faria qualquer coisa por aquele sorriso, por aquele tapinha nas costas".

—

Os Károlyi conseguiram resultados espantosos com a estratégia de destruição de egos. Treinaram duas das sete ginastas da Equipe Nacional Americana de 1996, as "Sete Magníficas": Kerri Strug e Dominique Moceanu. Antes de Kerri Strug fazer o famoso salto que acabaria por lhe fraturar o tornozelo, Béla foi flagrado pelas câmeras fazendo seu célebre discurso dizendo a ela que "não pensasse naquilo". O tornozelo obviamente já estava incomodando, então não deveria ser surpresa para ninguém que tenha acabado finalmente fraturando-o durante o evento. Na cerimônia de premiação, Béla carregou Kerri para o pódio como se fosse um cordeirinho ferido.

—

É tão mais fácil simplesmente se deixar inspirar pelo fato do tornozelo fraturado. A história real de como essas meninas chegaram ao pódio é mais difícil de discutir. Mais caótica. A insegurança gera o ímpeto, e o ímpeto leva ao sucesso. É uma fórmula simples. Exceto pelo fato de que os danos causados por essa estratégia perduram por muito tempo, mesmo depois de as atletas terem encerrado as carreiras. A rápida pesquisa de Joan Ryan sobre qual o destino delas relata a história completa. Das garotas que acompanhou, a maioria sofria de depressão, distúrbios alimentares e pensamentos suicidas. Comaneci: "Consegui dezenove notas 10 na carreira. Nada de novo". (Imagine se entediar a esse ponto.)

A infelicidade de Comaneci não era segredo. Segundo rumores, ela alternadamente confirmou e rejeitou que havia tentado cometer suicídio ao tomar alvejante aos quinze anos de idade. Esse foi o auge da carreira dela, quando se tornou a primeira ginasta com notas 10 perfeitas.

Comaneci disse que havia ficado muito feliz de ir para o hospital naquele dia porque assim não ia precisar treinar.

—

Por que criança gosta de sentir dor? Se parece que eles "gostam" de sentir dor é porque há outro tipo de dor mais intensa.

—

(De outro modo, quem não sofre a dor da derrota.)

∎

Minha mãe liga para dizer que transferiu quinhentos dólares para eu gastar com minha irmã mais nova, Sally, quando vier para a cidade fazer entrevistas em programas de pós-graduação. Ela quer me lembrar que os quinhentos dólares são para reservar hotéis e comprar passagens de trem. Sally já está tão estressada, e eu devia tomar conta de tudo porque sei como as coisas funcionam aqui. Os quinhentos dólares devem ser gastos com Sally e ela não quer que me esqueça. Em meio a minha agitação, acho que ela está tentando dizer que tenho tendência a ser frívola com o dinheiro alheio, ou que gosta mais de Sally, mas a voz dela não soa como bronca nem condenação, simplesmente demonstra confusão. Por fim ela diz, "Ah, muito bem, você sabe como fazer... São só quinhentos dólares". Aí desliga, como se finalmente tivesse rastreado uma carga preciosa até o destino final. Depois da conversa, decido trabalhar com mais empenho.

—

"Gente feliz não faz história", diz o ditado. O recordista da corrida de uma milha Marty Liquori diz algo semelhante: "Gente feliz não corre uma milha em 3'47″".

—

Finja que eu não tenho escolha. Ir à biblioteca ou não é algo que não depende de mim. Imagino que estou no treinamento outra vez. Tenho de acordar às 5h15 para ir ao treino matinal. O alarme dispara. Não quero sair da cama. Mas, como deixar de ir para o treino não é uma opção, arrasto-me até a porta e sento nos degraus em frente de casa, onde cochilo mais uns minutos com a testa sobre os joelhos enquanto minha mãe joga água quente no para-brisa do carro para derreter o gelo. Ela tem de ir até a cozinha encher o balde e voltar duas vezes. Ouço o que ela faz meio adormecida, e em meu íntimo espero que tenha de fazer mais três vezes. Quando volto a abrir os olhos, há um vapor que sai do carro, e penso, a piscina vai estar assim, falsamente fumegante sob os holofotes, como um banho quente, mas a água não vai estar quente. O cinto de segurança proporciona um espaço entre a faixa na qual posso apoiar a cabeça, e durmo por mais vinte minutos.

—

Ou então: "Você é uma fracassada por natureza". Sou impelida imediatamente à biblioteca. Que ferramenta afiada e útil. Realmente corta na carne.

—

Conheço uma história sobre o pai de Andre Agassi, Mike Agassi. De acordo com a autobiografia de Andre, *Agassi*, Mike Agassi era o clássico pai de tenista que passava a amar os filhos apenas quando começassem a jogar do modo como desejava. Chegado o momento de treinar Andre, o mais novo dos quatro filhos, Mike já tinha anos de experiência como técnico.

Andre foi resultado de um método novo e aprimorado. Por exemplo, alguma atitude de Mike Agassi, como pai, levou o irmão mais velho de Andre, Philly, a não ter instinto matador. Tecnicamente, Philly era um grande jogador, mas sentia empatia demais pelos oponentes. Chegava a "sentir pena" de seus opositores caso vencesse, e por isso não jogava com a agressividade possível.

Como resposta a esse perfil lamentável do filho, Mike Agassi elaborou uma manobra tática engenhosa: começou a chamar Philly de "perdedor nato". Mike sabia que, por estar lidando com um garoto cheio de empatia que não conseguia evitar de se penalizar com quem derrotava, seria necessário transformar o próprio Philly no perdedor padrão. Somente aí Philly poderia lutar por si mesmo — ou seja, lutar pelo perdedor.

Por outro lado, Andre ouviu desde o princípio que ia ser o número 1 do mundo. Não tinha escolha.

—

Chego ao jantar na casa de Sarah com calça de moletom, parca, cabelo sem lavar. O visual "Sou ambiciosa demais para me preocupar com a aparência".

—

Sally chegou para as entrevistas nos programas de pós e tudo foi deixado para depois.

Vê-la ali na porta — rosto corado em virtude do frio, com o casaco suntuoso comprado para as entrevistas e a echarpe mostarda, equipamento de fotografia pendurado no ombro — quase me levou a chorar. Dei um abraço apertado nela. Ela ria, empolgada. Sally largou suas coisas e olhou ao redor no apartamento e ficou super à vontade, tirando os sapatos e sentando no chão com as costas apoiadas em minha cama enquanto folheava um livro que eu havia deixado aberto. Enquanto colocava água para ferver para o chá, senti uma pontada de autopiedade. Por que não podia ser sempre assim? A presença dela só acentuava minha habitual solidão.

Ela usava um perfume de lilases que eu nunca tinha sentido antes. O cheiro não era daqueles perfumes que você pode simplesmente comprar no balcão da perfumaria. Que perfume é esse?, perguntei. Disse que tinha encomendado na internet, era uma fórmula que havia criado. Onde ela aprendeu? A precocidade dela é estarrecedora.

—

Sally liga para a minha mãe e põe no viva-voz, e nos cumprimentamos. Minha mãe me lembra de novo dos quinhentos dólares. Eu tinha gastado alguma parte do dinheiro?

Depois do chá, nós olhamos o portfólio dela. As fotos estão em um estojo grande, preto, superprofissional. Já tinha visto as imagens dela na internet, mas as versões físicas são muito mais expressivas — grandes e vivas e brilhantes, como se iluminadas. Ela tende a fazer fotos sem a presença de pessoas. As paisagens em Los Angeles quase parecem cenários abandonados de filmes. Há algo estranho e hostil nos gramados extraordinariamente verdes, nos arbustos podados de modo rigoroso, nos estacionamentos lotados de carros prata e brancos, o sol cortando como navalha todas as superfícies. As fotos levam ao sentimento de alienação humana. O ambiente não foi pensado para as pessoas e as repele como antisséptico. Concreto cinza, uma faixa de céu azul: abaixo, alguns pontos de cor, gente vista de bem longe.

Sally apanha uma ampliação do estojo de plástico e segura contra a luz, inspecionando, fechando um olho e depois o outro, inclinando a cabeça de um lado para o outro. "A cor não está correta", suspira. Aponta para uma sebe em torno do tronco de uma árvore. "Azul demais ali." Eu olho e olho, mas não consigo perceber do que ela está falando.

—

Pela manhã, Sally e eu pegamos o trem para New Haven. O hotel que reservamos fica do outro lado da rua da escola de artes. Na fila ficamos atrás de outro sujeito com um grande portfólio preto a seu lado. Parece mais velho, talvez uns quarenta e poucos anos. Vejo o brilho de uma aliança de casamento no dedo dele. Cutuco Sally. Ela me ignora e olha para a frente. O sujeito é branco, alto e tem um visual tosco, com uma camisa de flanela e botas, como se tivesse acabado de derrubar árvores na região do Pacífico Noroeste. Ele até tem um discreto cheiro de pinheiro.

Depois que fazemos o check-in, Sally diz, "Eu sei quem aquele cara é". Como ela conhecia o sujeito? "Você tem de conhecer os concorrentes", ela diz. Pega o laptop e me leva direto ao site dele. As fotografias dele são esteticamente muito semelhantes às de Sally, só que em vez de pálidas palmeiras e estacionamentos manchados de graxa, as fotos dele são de casas antigas de madeira, céus sarapintados de nuvens, flores selvagens em uma cerca. "Bonito", eu digo. "Mas perfeito demais, tipo fotografia de revista."

Esse fato não tranquiliza Sally.

—

Sally memorizou todas as respostas para as perguntas que acredita que serão feitas. Ela sempre foi assim meticulosa. Madura demais para os amigos, inteligente demais para o ensino médio. Ela pulou o ensino médio e foi direto para a faculdade. As roupas muito bem passadas, sem nenhum fiapo, a caligrafia exata, que mais parece impressa, como se tivesse criado a própria fonte, os móveis modernistas desconfortáveis que escolhe. Ela já pensou nessa história de ser artista um milhão de vezes. Como um jogador astuto, Sally bolou um jeito de manter uma pequena vantagem. Se ela souber manipular bem as cartas sem piscar nem hesitar, por puro êxito e vontade vai chegar lá. No entanto, um ínfimo erro que seja e tudo pode acabar.

—

Passamos a tarde andando por aí, Sally nervosa e distraída o tempo todo, depois voltamos para o hotel para uma pausa. É um esforço decidir o que comer. Quando sou apenas eu já é difícil, mas agora, com as duas, é impossível. A negociação normalmente é entre a coisa barata e nada saudável e a saudável e nutritiva que é cara demais, mas, como é uma ocasião especial, acho que devemos comer em um restaurante bacana. Pergunto o que ela quer. Diz que não quer pensar, será que eu posso decidir? O cérebro dela já funciona a pleno vapor, e as menores decisões se tornaram aflitivas. Está mais preocupada com a roupa que vai vestir; é ideal, de verdade? Veste e tira, depois põe no cabide de volta, segurando a roupa com as pontas dos dedos, apavorada com a possibilidade de sujar o tecido. Ensaia o que vai falar. Desço para que tenha mais liberdade, caminho até a loja de livros de arte, depois compro comida em um restaurante que definitivamente cobra caro demais pelo que vende. Escolho peixe com vegetais. E uma barra de chocolate.

—

De manhã novamente. Enquanto Sally se arruma, procuro no Google "pós-graduação afastamento discente", apenas para ver o que aparece. Os primeiros resultados são de Columbia, Princeton, Stony Brook, Duke, Northwestern, Cornell, Yale e NYU. Não sei nada sobre algoritmos de internet, mas será que é porque os alunos desses lugares são os que têm maior probabilidade de googlar as palavras "afastamento discente"?

Gosto da frase "afastamento discente". Parece que se está simplesmente cumprindo uma obrigação social. Estou me afastando temporariamente da discência e fazendo uma visita ao presente. Adeus, afastamento.

—

Sally toma banho e se veste com cuidado, secando o cabelo por partes. Dou um abraço nela e desejo boa sorte. Da janela, a vejo atravessar a rua. Neva forte, e a neve na rua virou lama. Preocupo-me que cuide das roupas dela.

Tento trabalhar um pouco, mas acabo assistindo à tevê. Antes de me dar conta, Sally voltou! Parece aliviada, mas também um pouco envergonhada, como se tivesse acabado de atropelar um bichinho. O olhar dela percorre de um lado a outro, e emite discretos ruídos de desespero. Ela tira o casaco e refresca as axilas freneticamente, um cheiro de amoníaco vindo dela.

"Ugh", ela geme.

"E aí? Foi bem?"

Ela repete tudo para mim. "Perguntaram se faço fotos com esses sapatos", ela diz. Olho para baixo, para as pernas cobertas por meia-calça. Usou escarpins de veludo na entrevista.

"Foi uma piada?", pergunto pateticamente.

—

No jantar: "Não quero ir para uma universidade menos conhecida. Não faz sentido fazer um mestrado se você não tem garantias".

"Um diploma daqui garante alguma coisa?"

"Não... mas é a melhor. Deve significar alguma coisa."

Sally diz que os entrevistadores perguntaram se era "uma prodígio".

———

No outro dia, tenho de voltar para a cidade para uma conferência. Sally fica para participar dos seminários da pós. Ela me liga no fim da noite. "Estou do lado de fora de um bar e todos que estão fazendo entrevista para a pós estão lá bebendo e me convidaram, mas não sei o que fazer..." A voz dela está trêmula como se estivesse no frio por muito tempo. "Como assim você não sabe o que fazer?" Ouço-a andando para lá e para cá. "Eu não tenho vinte e um anos. Como faço para pedir bebida alcoólica?"

Bom, está aí uma coisa para a qual ela não se preparou.

———

Querida Sally, achei que ia escrever um livretinho sobre as nuances da vida acadêmica para você, já que está prestes a ser introduzida nela. Olá! Bem-vinda! Essa é a primeira parte, uma lista de regras para participar de uma "conferência acadêmica" (de onde escrevo para você no momento — bom para mim, estou parecendo superinteressada):

1. Sente o mais longe possível de outro ser humano (veja o diagrama abaixo):

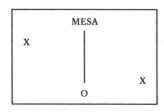

2. Sorria de modo pensativo de vez em quando, ao mesmo tempo que franze as sobrancelhas. Sugere compreensão.

3. Ocasionalmente a conferência pode soar como uma mera lista de nomes – "Nietzsche, Huysmans, Ibsen, Hegel, Beauvoir, Arendt, Sartre, Joyce, Barthes... [pausa]... Stendhal, Spinoza, Caillois...". Você não deve se apavorar.

4. Balance a cabeça, franza a testa, sorria, faça anotações, balance a cabeça de novo. (Ver Regra 2 ref "interesse".)

5. Tente não se concentrar em coisas pouco importantes como quantas vezes o palestrante já bebeu da garrafa de água ou como ele rosqueia a tampinha lenta e distraidamente para abrir e fechá-la toda vez.

6. Só porque o palestrante começou a falar mais lentamente e está remexendo em seus papéis não quer dizer que tenha acabado. Não olhe em volta. Não mude nem de expressão.

■

Apartamento vazio. Tento não entrar em pânico. E agora? Ouço o tráfego lá fora. Alguém está realmente com a mão colada na buzina. Alguém realmente tem de chegar a algum lugar. É como se o tempo estivesse passando rápido demais, estou ficando para trás, tornando-me um pano de fundo, desaparecendo...

—

Eu podia jurar que o e-mail dizia:

ESTIMADA FRACASSADA,

LAMENTAMOS INFORMAR QUE VOCÊ NÃO PODERÁ MAIS CONCORRER A BOLSAS NA UNIVERSIDADE PORQUE ACREDITAMOS QUE JAMAIS VAI CONCLUIR SUA TESE...

Então isso aconteceu comigo.

—

Também podia jurar que o guru da meditação havia dito: "Não escute essa fita enquanto estiver se exercitando ou operando máquinas pesadas".

—

O otimismo de uma fracassada: por uns dias, tenho certeza de que Meena vai concordar em levar a tese adiante de qualquer maneira.

—

Estou dizendo a ela, "Eu não tenho como continuar escrevendo sem bolsa...".

"Sim, entendo que do ponto de vista financeiro vai ser difícil", Meena diz. "Mas simplesmente você não está pronta. Olhe, vai ter de encontrar um jeito."

Aquele tom de desdém, de menosprezo, antes reservado a outras pessoas, agora está sendo dirigido a mim. Não seja patética, digo a mim mesma. Independentemente de qualquer coisa, mostre-se decidida. Por alguma razão comtemplo meu caderno, que havia aberto em uma página em branco, como se fosse anotar algo.

"Desculpe perguntar... Eu sei que já está atolada em prazos... mas, se me candidatar a bolsas externas, você estaria disposta a escrever uma carta...?"

Tom errado. Palavras erradas.

"Sim, sim, sim", ela diz. Mas soa mais como "Não, não, não".

De repente percebo por que é crucial sempre manter uma perspectiva positiva e otimista perto dela. Meu fracasso agora ameaça infectá-la. Seja qual fosse o valor que eu possa ter tido antes de conquistar a confiança dela, agora havia perdido.

"Vou para casa", declaro. Penso que o tom de minha voz, por uma fração de segundo, pareceu passivo-agressivo. No entanto, é como se ela enxergasse algo nessa afirmação súbita que aprovasse. Ela balança a cabeça em apoio.

"Sim. Acho que é uma boa ideia. Se fosse você, faria um esforço intenso neste verão. Tente terminar. Agora você vai enfrentar sérias limitações."

O tom de voz dela se ameniza. "Athena, por favor lembre — eu simplesmente não tenho condições para ajudá-la a enfrentar todas as dificuldades."

"Eu sei, lamento muito." Levanto cuidadosamente. "Muito obrigada por tudo. Não vou demorar."

Entregar. Eu queria dizer entregar.

—

Athena está sentada na cama googlando compulsivamente "perdi financiamento de bolsas de humanas", "extrapolei tempo regulamentar", "orientador me odeia o que fazer". Desta vez não parece capaz de juntar posts suficientes para chegar a um plano adequado, sugerindo que talvez sua situação seja altamente incomum. Postar uma pergunta dela mesma no fórum parece fora de questão. Ela não consegue digitar aquilo, como se esse ato fosse consolidar a situação. Essa ação a colocaria definitivamente na categoria das pessoas que recorrem à internet em busca de salvação: gente sem amigos, o nível mais baixo da cadeia alimentar. Enquanto reflete sobre o assunto, outro pensamento surge: se está com tanto medo de agir, com tanto medo de pedir ajuda, ainda que anonimamente na internet, do modo menos arriscado possível, então o que ela é capaz de fazer? Será que imagina que alguém possa reconhecer sua sintaxe ou o tipo específico de autopiedade? Deixa disso! Lentamente

digita algumas frases na caixa de diálogo do fórum de pós-graduandos, mas ao mesmo tempo continua abrindo uma aba após
a outra de temas cada vez menos relacionados — "Só falta a
tese, mas não consigo terminar", "escrever tese na casa dos
pais", "vitamina D", "mochilas ergonômicas", "cachorro morreu". Finalmente, depois de uma hora (e de uma dose de bour-
bon), ela repentinamente aperta "enviar" no seu post. Na próxima caixa de diálogo, pedem que crie um perfil. O que a irrita
tanto — particularmente quando pedem o e-mail — que digita
blah@gnail.edu e surpreende-se quando o site aceita mesmo
assim. O nome de usuário designado a ela é Blah147. Mesmo
no anonimato, parece como se ela não quisesse se comprometer. Depois de configurar a conta, a pergunta dela é postada.
Athena acompanha com grande suspense. Não acontece nada.
Frenética, ela coloca música e começa a limpar o quarto, mas
faz tudo lentamente, como uma velhinha. O corpo todo dói.
Ela não ficou alcoolizada o suficiente para perder toda a sensi-
bilidade, mas também não está sóbria o bastante para ser produtiva. O álcool parece formaldeído nas veias, o corpo não tem
as ferramentas certas para transformar sua estrutura molecular
em algo mais prazeroso. Nesse ritmo, vai ter câncer de esôfago
aos quarenta. Nesse ritmo, vai ter Alzheimer de tanta benzodia-
zepina que anda tomando. Depois de se preparar para ir para a
cama, permite-se checar o fórum novamente. Incrível! Peça e
receberás! Ela está testemunhando em tempo real a arte de se
expor. Um usuário chamado "Carlylle" postou: "Talvez para
ajudar a se decidir, você deva se perguntar: Você consegue imaginar que alguém pode querer contratá-la depois que tiver ter-
minado?". E outro usuário "JB8" escreve: "Você faz questão de
obter um doutorado? Aconteceu o mesmo com um amigo meu.
Ele decidiu desistir depois de ler um livro chamado O POÇO".
Ela devia responder a essas duas pessoas bem-intencionadas,
mas por algum motivo, depois de ler as respostas, esteve tão

perturbada que deletou o post todo e jurou jamais postar novamente no fórum de pós-graduandos. Mesmo assim, ela não consegue evitar e procura bem rápido no Google o livro *O poço*. Soa mais como um conto de horror de Edgar Allan Poe que como livro de autoajuda, mas o encontra sem muita dificuldade. É um documento sucinto, tipo panfleto, que pode ser baixado da biblioteca pública, parecido mais com uma apresentação em PowerPoint do que com um livro, com gráficos coloridos e ilustrações que mostram as condições exatas em que você deveria desistir de algo. É provável, de acordo com este livro, que gente bem-sucedida desista de coisas o tempo todo. "Jamais desista" é um mantra do exército e entoado diariamente por técnicos de crianças. Em outras palavras, é um mito. Não se aplica à vida real. Na vida real, saber quando desistir é uma capacidade valiosa. Ter a confiança de dizer a si mesmo, "Vou desistir", é algo pródigo. Pessoas bem-sucedidas desistem das coisas quando percebem que não podem ser as melhores.

No entanto, esclarece. Se você a todo momento desiste simplesmente por estar no "fundo do poço" — quer dizer, "quando as coisas se complicam" — pode acabar um fracassado. A habilidade a ser cultivada é a de saber quando se está preso no Poço indefinidamente ou quando se está apenas "de passagem".

Indício nº 1: Athena se sente presa no fundo de um poço muito extenso e estreito. Está nesse poço há muito tempo, anos a fio. Será que devia continuar tentando escalar a parede? Acredita que sim. Embora sinta que sua situação seja incorrigível, não quer desistir de tentar por receio de ter "mentalidade de fracassada" (mecanismo de derrotada). Olha para o alto e vê a parede íngreme rochosa sem ação, depois deita no chão de terra e tira um cochilo. Essa é a rotina diária dela.

Indício nº 2: Você vê algum vizinho no fundo do poço? Alguém mal-intencionado retirou a escada, e seu parceiro de rapel desapareceu! Mas não se preocupe. O vizinho vai superar essa crise porque é uma pessoa decidida. Ele para por um momento para avaliar a situação, os olhos semicerrados observam as sombras da rocha, e elabora rotas de fuga e pontos onde possa apoiar as mãos durante a escalada. O sol é implacável, e não há água, mas isso não vai detê-lo. Logo mais, ele vai afrouxar a gravata e escalar, uma pedra por vez, usando a tremenda força dos membros superiores, que aperfeiçoou na academia justamente para essa situação hipotética. A rocha é firme? Será que consegue alcançar a próxima? Se você for o vizinho, a resposta provavelmente será sim. Em algum momento ele vai acabar saindo do poço. É confiante, porque lá no fundo também sabe que, se realmente não tiver como dar conta da situação, um helicóptero virá resgatá-lo.

Infelizmente, caso não tenha se preparado de modo adequado para as agruras do poço, sem dúvida vai enfrentar mais dificuldades. No entanto, se for determinado, e se puser na cabeça que vai fazer, dá para sair, independentemente do custo. Mesmo que tenha de gritar até arrebentar as cordas vocais.

No fim do livro há um exercício que vai ajudar Athena a avaliar se está em um poço sem saída ou se é apenas um poço comum. Ela completa o exercício e soma seus pontos. Então os experts confirmam: ela não tem os recursos necessários para sair de seu poço íntimo.

De súbito Athena tem a impressão de que sua cabeça vai explodir. Os dedos das mãos e dos pés e o rosto parecem estar sendo picados por um milhão de microscópicas agulhas. Sabe que esse é exatamente o tipo de situação em que deveria tomar um comprimido de ansiolítico — mas também sabe que andou tomando esses comprimidos durante todo o mês, meio comprimido aqui e mais meio ali durante o dia e à noite para ajudar a dormir, e já não tem o suficiente até receber o próximo frasco. Então vai ter de economizar, passar por essa crise de pânico e segurar sozinha em caso de algo pior acontecer. Esse formigamento não é nada de que não possa dar conta, apenas tem de se lembrar de respirar, inspirar, expirar. Coloca o laptop no colo, e sente o *cooler* girando impulsivamente. Surpreende-se ao digitar "atendimento telefônico suicida NYU". Os resultados aparecem, mas não exatamente com essas palavras. Acha cômico que a faculdade dela não goste de denominar "atendimento a suicidas". É simplesmente um "Diálogo para o Bem-Estar" para tratar de "desafios do dia a dia". Ela pensa, Tá bom, ok, tenho muitos — vergonha, fracasso, incapacidade de imaginar o futuro —, mas quem não tem? O que a torna especial? Visualiza novamente o número do Diálogo para o Bem-Estar, 212, 444, 9999, mortemortemorte-eternoeternoeternoeterno. Tanta morte e tantos sinais auspiciosos, pensa sarcástica em mandarim, mas ainda não consegue se decidir a ligar. Na verdade, ela não está passando por uma emergência, ia ter de dizer timidamente para a atendente, não sou suicida. Apenas tenho a impressão de que vou morrer. Enquanto pensa nessa frase — tenho a impressão de que vou morrer — sente as lágrimas brotarem. Mas até isso acha agradável; observa-se como se estivesse se vendo do alto. Agora vou ser mais convincente, agora vão acreditar em mim. Por que não me deixar emocionar? As lágrimas caem com mais insistência, os soluços saem de controle. O nariz escorre, mas está cansada demais para pegar um lenço, assoa o nariz no edredom. Será que a pessoa do outro lado da linha vai achá-la jovem ou velha? Será que são bem treinados para casos como o meu? Lê novamente todo o texto disponível no site da linha telefônica do bem-estar para ter ideia do que esperar da ligação: "Se você ligar de um hotel, terá de pagar uma taxa extra", o site adverte. Ah, valeu, obrigada por avisar, ela imagina o potencial suicida refletindo, caso eu sobreviva a esta noite, vou ter essa conta telefônica para pagar. Em um quarto de hotel você pode suspender o tempo, suspender a vida por um dia, dois dias, mas, se não estiver falando com cem por cento de seriedade sobre suas intenções, em algum momento vai ter de sair de lá, voltar ao fluxo do tempo, voltar para o mundo, pagar as contas.

Enquanto pensa em dinheiro, subitamente para o acesso de choro. Não posso me dar o luxo de desmoronar, ela pensa. Sai da cama, pega o frasco de comprimidos da gaveta da cômoda e os coloca na palma da mão e fica observando-os. Só restam cinco. Devolve todos menos um, que engole sem água. Esse comprimido é tão pequenininho, nem parece que você está o ingerindo. Como é possível que algo tão minúsculo acabe por aniquilar uma pessoa? Paul não ia querer que ela agisse assim. Paul ia estar superdecepcionado. Lembra que, em uma das últimas longas conversas que tiveram, ele disse de modo corajoso que ia parar de usar tantas drogas. Ela disse, pensando em como ele ainda estava vulnerável, em como ele ainda estava emocionalmente instável, Leve o tempo que for preciso. Deixa o computador e vai sentar à janela, olhando para o prédio de tijolos à vista em frente, enlaçando os joelhos. A neve está caindo, mas ao mesmo tempo parece subir sob a luz da iluminação das ruas... Tem como haver algo mais magnífico? Surge uma sensação de bem-estar em seu ventre, como se os nós estivessem sendo desatados. Pulmões: abrem, contraem. Vou fazer chá, ir deitar e fazer promessas para amanhã. Vou estar mais forte amanhã. Vou me recompor.

■

Meu pai responde à notícia da perda de minha bolsa com tal equilíbrio que é como se tivesse previsto que ia acontecer. "Meiguan xi", ele diz. "Qual é o plano B?" Digo que não tenho um plano B, que vim trabalhando com um otimismo infinito, dedos cruzados. Digo isso de propósito para irritá-lo, um toque de crueldade que não beneficia ninguém.

"Você deve sempre se preparar para o pior, não para o melhor", ele diz baixinho, em tom amigável. Discutimos minhas despesas, com o que eles podem me ajudar durante o verão. Não é muito. Mal cobre metade de meu aluguel.

"Se eu voltar para casa... vocês vão se envergonhar...", eu digo, surpresa com as lágrimas. "Mil desculpas..."

"É claro que tudo bem voltar pra casa. Tudo é tudo bem. Ninguém vergonha você. Só tem que continuar em frente, ok?"

É verdade. Pessimistas têm melhor desempenho quando o mundo os decepciona.

—

Depois que meu pai diz que não seria o fim do mundo se eu voltasse para casa, voltar para casa se torna inevitável. Uma mudança de cenário. Um novo começo. Talvez eu até consiga me concentrar. Até que enfim vou deixar para trás aquela conta que ficava o tempo todo martelando em minha cabeça, do tempo passando dividido pelo aluguel. Pode ser que finalmente eu consiga trabalhar.

—

Mesmo assim, campeões jamais se tornariam campeões se vivessem de acordo com a máxima de meu pai de sempre esperar o pior. Se campeões aceitassem a derrota com tanta tranquilidade, jamais teriam chegado ao topo. Antes de uma corrida ou jogo, jamais pensam na possibilidade de perder. Acreditam: "Eu sou o melhor. Eu posso fazer". E, se não vencem, sentem desprezo por si mesmos.

—

Ao assistir ao documentário *Quando éramos reis*, de Muhammad Ali, sou levada a lembrar o imenso exercício mental necessário para vencer. Ali emprega boa parte de seu tempo diante das câmeras inflando o próprio ego e intimidando o adversário. Durante uma sessão de treinamento em que pulava corda, bradou: "[George Foreman] é um touro! Eu sou um toureiro! Ele está apavorado! Ele queria poder desistir da luta! Ele vai encontrar com seu mestre! Seu professor! Seu ídolo!". "Apavorado com o quê? Não há motivo para se apavorar", ele insiste. Ali precisa fazer o trabalho sozinho, porque ninguém vai poder ajudá-lo quando estiver no ringue. Em outra coletiva, Ali se levanta da cadeira e começa a ridicularizar Foreman, dando passos afetados, incertos: "Vou transformar ele numa múmia". Parece que todo tempo acordado era dedicado a diminuir Foreman com todas as analogias que ele conseguisse inventar. Como Norman Mailer sugere, não é difícil ver que por trás dessa bravata toda está um homem apavorado. Ele precisa fazer com que o monstro pareça menor.

—

Cansada. Nenhum pensamento hoje.

—

Levei tanto tempo para juntar minhas coisas para ir até a piscina que essa tarefa em si pareceu algo cansativo, e achei que talvez no fim das contas não conseguisse sair. Tinha atingido minha cota do dia.

—

Vince Lombardi: "Mostre-me um bom perdedor, e eu te mostrarei um perdedor".

—

Parece haver mais brigas do que o normal na rua. Ou eu é que passei a ficar mais alerta ao antagonismo? De repente todo mundo parece pronto para lutar. Chamo isso de olhar para o mundo com as lentes de quem estuda esportes.

—

Mais de Vince Lombardi: "Se você não empregar todo o seu entusiasmo, vão desempregar você com todo o entusiasmo".

—

Pais americanos têm maior probabilidade que pais de outros países de descrever os filhos como "inteligentes" em vez de "felizes".

—

Althea Gibson: "O perdedor sempre tem uma desculpa; o vencedor tem um programa. O perdedor diz que talvez seja possível, mas é possível. O vencedor diz que talvez seja difícil, mas é possível".

—

Na piscina, um homem diz para mim: "Você está esperando alguém? Porque acho que ele acabou de ir embora".

Passo meus braços em torno de meu corpo como se para provar que essa mágica não faz uso de nenhum ilusionismo. Não estou presa. A nenhuma. Corda.

—

A sensação de quando a porta do elevador se abre e todos com o olhar na tela do celular.

—

Do lado de fora da biblioteca. Um pouquinho mais quente hoje, mais iluminado, alguma umidade no ar. Passa um ônibus com uma propaganda na lateral de um refúgio na praia. "Acorde numa cidade que nunca é gelada." De algum modo a ideia de gelo já parece distante, a amnésia coletiva complacente e súbita. Tudo por causa da chuva morna que fez surgir alguns brotos verdes nos galhos, e o sino-dourado começa a florir.

Ao cruzar a rua, vejo Jack entrar, ombros arqueados para cima, mãos enfiadas nos bolsos do casaco. "O clima não está tão ruim hoje, certo?", eu digo.

"Mal posso esperar pelo calorzinho da primavera", Jack geme. Os lábios tremendo. "Aí vou poder pedalar novamente. O exercício me faz falta. Minhas orelhas gelam. Eu sou fraco demais. Minhas orelhas são fracas demais."

Isso me faz rir. Jack, junto com Cole, é outro dos que me salvam diariamente. Tem gente que consegue melhorar nosso ânimo rapidinho.

"Ei, quando você era menino e jogava futebol, seu técnico não dizia coisas do tipo: Jamais diga que é fraco! Diga sempre que é forte! Coisas desse tipo? Agorinha quando disse que é fraco me deu um arrepio."

"Não, nunca tive esse problema com meu técnico", Jack diz. "Meu maior problema é que eu era bom demais. Não! Não ria! Não é piada. Era bom mesmo quando menino. Fazia uma jogada ou marcava um gol, mas aí fugia da responsabilidade. Tinha vergonha de mim mesmo, e deixava de jogar com o mesmo empenho. Até quando jogava xadrez, que também jogava muito bem, sentia timidez por ser bom."

"Por que você sentia vergonha?"

"Fiz autopsicanálise para tentar entender."

"E?"

"Não sei."

Jack diz que está ansioso para encontrar um café, então deixo que ele vá. Quero perguntar se ele continua a diminuir o potencial por vergonha, mas tenho medo da resposta, então não questiono.

—

Há mudanças hormonais que ocorrem em nosso corpo quando vencemos ou perdemos — especificamente, os níveis de testosterona aumentam quando vencemos e diminuem quando perdemos. O mesmo fenômeno ocorre em espectadores: torcedores de times derrotados sofrem redução, ao passo que torcedores do lado vencedor têm um acréscimo.

Estudos também mostram que pessoas com testosterona alta tendem a ser mais corajosas e destemidas, a seguir em frente sem pensar demais no que está acontecendo à sua volta. Advogados e atores aparentemente tendem a ter níveis mais elevados de testosterona. Ao contrário, pessoas com baixos índices de testosterona tendem a ser mais calmas, mais passivas — a ter menos desejos durante a vida. Pastores têm os índices mais baixos de testosterona. Um indivíduo em que a testosterona havia cessado sua produção durante vários meses relatou que andava por aí com um profundo reconhecimento do valor estético do mundo. "Isso é lindo", ele pensava várias e várias vezes. Ele via um tufo de grama na calçada, um pombo, um tijolo na parede: "Isso é lindo".

—

Olha só: acho que entendi o que aconteceu com Jack!

A testosterona nem sempre aumenta depois de uma vitória. O aumento ou redução depende de fatores emocionais e psicológicos preexistentes no competidor. Em um estudo conduzido com oito homens em um torneio de xadrez, a testosterona do vencedor realmente diminuiu quando ele pensou que a vitória estava fácil demais.

(Como as pessoas são complicadas.)

—

Na sala de leitura do sexto andar, apertada entre dois sujeitos grandes. Todo mundo está sentado encostando cotovelo com cotovelo. Época de provas finais. Monte de lanchinhos, sentimento geral de festividade. As longas mesas comunitárias me lembram um bar com área ao ar livre, só que todo mundo está digitando em seus laptops com uma fisionomia estoica.

—

Às vezes suspeitamos que do nosso grupinho só Henry vai acabar sendo bem-sucedido. Henry, que mora na biblioteca. Henry, que reuniu os PDFs que alguém um dia possa precisar, como se fosse uma dissidência da JSTOR, o grande sistema de arquivamento eletrônico de periódicos. Ele come o mesmo cereal toda manhã e a mesma torrada fininha no jantar. Ele insiste que é por ser incapaz de tomar decisões. No mundo acadêmico, talvez esse seja o melhor problema que alguém possa ter.

—

Henry e os da laia dele eu colocaria como espécimes da rara raça de vencedores involuntários. Esse tipo vence por causa de alguma tendência involuntária ou algum talento inato, uma aberração. O jogador de basquete Albert King, da NBA, pertence a essa categoria. Como irmão mais novo do já famoso Bernard King, Albert era um jogador tímido que ficava pouco confortável com o exibicionismo e a humilhação do adversário que é parte da cultura do basquete no Brooklyn. Relutava em dar enterradas e apenas o fazia como último recurso. No entanto, por causa de sua habilidade, os olheiros o perseguiam implacavelmente. Ele reclamou, rebelou-se, acreditava que seu talento para o basquete fosse uma maldição. Disse aos amigos que queria apenas ser uma pessoa "normal". Contrariado, também jogou na NBA, onde ganhou milhões de dólares. Agora que está aposentado, é dono de várias franquias da hamburgueria Wendy's em Nova Jersey. Muitos fãs ficaram perplexos com essa decisão. No entanto, é possível afirmar que, finalmente, ele atingiu a meta de se tornar uma pessoa normal.

—

Alguns vencedores vencem simplesmente porque estão lutando para sobreviver. Veja o exemplo de Mike Tyson. Ele cresceu em Bed-Stuy e Brownsville e foi vítima de provocações constantes por causa da voz aguda e por falar ceceando. Como escape ele criava pombos. A primeira briga dele foi com um menino mais velho que arrancou a cabeça de um dos pombos. Aos treze anos, ele tinha sido preso trinta e oito vezes.

Outro batalhador do tipo é Jure Robic, um ciclista de ultramaratonas que venceu repetidas vezes a exaustiva "Corrida através da América" de bicicleta.

"Durante toda a minha vida as pessoas se afastaram de mim", disse a um repórter. "Agora eu sou bom em algo, e quero me vingar para provar para todas elas que acharam que eu era um fracassado. Esses sentimentos estão presentes em mim o tempo todo. É deles que vem a minha força."

Quem poderia ter dito isso de modo mais sucinto? Vencer é uma espécie de vingança. E Robic tinha imensas reservas quanto a isso. Quando corre, Robic pedala mais de vinte horas por dia. A equipe dele segue de carro atrás e toca a música do exército da Eslovênia no máximo volume possível. Ele dorme poucas horas, e depois a equipe sacode Robic até que acorde ou o carrega, ainda dormindo, até a bicicleta. Às vezes ele dorme sobre a bicicleta e tem alucinações com monstros que o perseguem ou com guerrilheiros islâmicos que estão atrás dele a cavalo atirando. Torna-se perigoso. Ele desvia dos carros que vêm no sentido contrário para lutar com caixas de correio. A maioria das pessoas não consegue imaginar completar essa corrida uma única vez sequer. Ele ganhou cinco vezes.

—

Robic não suporta assistir a vídeos dele competindo. Insiste que não reconhece o que vê. É como assistir a algum outro lunático. Ou talvez não queira reconhecer aquilo que preferia não ver.

—

Será que os vencedores necessariamente "escolhem" vencer? Vencer várias e várias vezes seguidas exige um esforço fenomenal que acho que deve ser algo involuntário. Em sua autobiografia, Rafael Nadal fala sobre a característica singular que diferencia os campeões das pessoas meramente talentosas. A capacidade de vencer não tem nada a ver com perseverança, dinheiro ou boas pernas. Não, nem mesmo com força de vontade. A característica que esses campeões compartilham é sua profunda incapacidade de perder. Em qualquer coisa. Certa vez Nadal perdeu um jogo inocente de cartas para a família e os acusou de trapacear. Então você pode imaginar o que acontece quando ele perde jogos importantes de tênis. De acordo com ele, teve o momento de revelação aos sete anos quando perdeu para um oponente maior, mais talentoso. Depois daquela derrota, sofreu um colapso nervoso ali mesmo no carro. Nariz escorrendo, lágrimas, soluço incontrolável. Um apocalipse pessoal. Ele sabia que jamais queria se sentir daquele jeito novamente.

—

Para mim o topo parece um lugar solitário. Para campeões, vencer não é uma coisa tão gloriosa. Vencer é ficar vivo; é escapar de um lugar fundo e escuro. Campeões têm de fazer isso diariamente.

∎

Cole e eu estamos bêbadas discutindo sobre como ela jamais ia ser convincente como comediante, por que quem ia acreditar que tivesse problemas para ter namorados?

Bem no momento em que falávamos, um sujeito passa por nós e sussurra para o amigo: "Aquela ali é nota dez".

Jogo as mãos para o alto. "Está vendo o que quero dizer?"

Cole ri: "Não me faça mais arrogante do que já sou! Além disso, ele é pequeno demais. O quadril dele tem o diâmetro de meu joelho".

É cruel a alegria que eu sinto apenas por registrar tudo que a Cole diz. Essa vai ser a coisa mais difícil de abandonar.

—

Hoje, última sessão com o dr. M. Estranho dizer adeus a seu terapeuta porque as coisas estão ficando piores, em vez de melhorar. Normalmente as pessoas dizem tchau quando não precisam mais do terapeuta. Sinto como se estivesse sendo exilada. É uma sessão estranha. Acho que ele tem impulsos conflitantes de me analisar e me dar conselhos para a vida. Fica me dizendo que eu sou uma "grande garota" com um "futuro brilhante". Volta para uma visita? Acabo saindo da sessão alguns minutos mais cedo. Tchau, se cuide, tchau então, boa viagem. Fico pensando se um dia vou voltar a vê-lo.

—

Festa de fim de ano letivo. Avistamos Diane circulando pelo salão com um pouquinho de cuscuz israelense na bochecha — na bochecha! Como não é possível chegar até ela passando pela multidão, Henry gesticula apontando para o rosto dela enquanto limpa a bochecha, como um espelho. Ela não presta atenção. Para não rir, olho para o meu prato. Vemos Diane sair de uma conversa e participar de outra, ela e a pinta de cuscuz.

—

Há outro tipo de vencedor que de vez em quando perde por compaixão. Esse tipo é raro porque atletas obviamente talentosos que se deixam derrotar por complacência não resistem muito no mundo do esporte. Só aqueles que se revelam subitamente podem demonstrar de modo legítimo esse fenômeno em ação.

O raro caso de Andrea Jaeger vale a menção. Andrea Jaeger foi um prodígio do tênis que se profissionalizou aos catorze anos e rapidamente chegou a número dois do mundo. Então, em 1983, Andrea Jaeger, com apenas dezoito anos, perdeu propositalmente no maior santuário do tênis: o Estádio de Wimbledon. Para quem assistia, a impressão era de que ela estava determinada a perder aquela final o mais rápido possível. Andrea perdeu a partida para Martina Navratilova por 6-0, 6-3.

O que aconteceu? Os comentaristas achavam que ela ou havia jogado muito mal, ou estivesse envolvida em algum esquema para entregar a partida. Mas, mesmo quem vende o jogo, ao menos tenta simular estar se esforçando para não levantar suspeitas. Eram as duas únicas explicações que estavam sendo aventadas na época porque era inconcebível que ela tentasse perder de propósito. Vencer em Wimbledon é a afirmação definitiva da trajetória de vida de um tenista. Aquilo justificaria os anos de sofrimento e abnegação. Por que abrir mão de tudo no último minuto?

É comum afirmar que crianças têm um forte senso de justiça porque não possuem controle sobre a própria vida. Andrea, naquele momento, parecia estar usando sua habilidade no tênis para travar uma guerra extemporânea e altamente subjetiva em nome da justiça, como Peter Pan ou Godzilla, uma guerra que equilibraria as forças da natureza e devolveria o mundo à sua harmonia. Distribuía vitórias para quem achava que merecia. Uma vez, depois de derrotar Wendy Turnbull, ela jurou nunca mais ganhar dela porque, depois da partida, Wendy foi até ela no vestiário para pedir um saca-rolhas. Andrea se sentiu horrível por ter causado tanta dor àquela mulher a ponto de ela precisar tomar uma garrafa toda de vinho para superar. Não apenas ela estava decidida a não ganhar de Wendy novamente, como também estava decidida a ganhar de qualquer tenista que ganhasse de Wendy. O que incluía a venerável Billie Jean King.

Andrea diria mais tarde que, como vencer sempre pareceu muito mais importante para outras pessoas, ela não queria conviver com a culpa de vencer o tempo todo. Vencer significava tirar algo importante de outra pessoa. Preferia ficar no vestiário das jogadoras não-cabeça-de-série porque eram muito menos estressadas com a vitória — simplesmente ficavam felizes por estar jogando. Não tinham nada a perder porque jamais iriam vencer.

A explicação que Andrea deu para o que aconteceu naquela fatídica final de Wimbledon tem a ver com um saquinho vazio de batatas fritas. Depois de encontrar um saquinho vazio de batatas fritas no armário dela, o pai de Jaeger, que era bastante controlador, ficou furioso e a expulsou do apartamento. Desesperada em busca de ajuda, Jaeger bateu no apartamento ao lado, onde Martina

Navratilova estava com seu treinador. Ao abrir a porta, Jaeger avistou Navratilova sentada em uma cadeira, aparentemente indiferente ao que estava acontecendo. Jaeger disse que Navratilova nem olhou para ela. Nem chegou a levantar da cadeira. O treinador que ofereceu a Jaeger a lista telefônica e a ajudou a conseguir um táxi. Daí Jaeger percebeu que Navratilova estava no meio de sua concentração antes do jogo. Subitamente ela constatou quanto uma vitória realmente custava para Navratilova; estava tão concentrada em vencer que não podia ao menos se levantar para ajudar uma menina em prantos. Naquele momento Jaeger decidiu que aquilo realmente era muito importante para ela, então deixou-a vencer!

Obviamente há relatos conflitantes sobre o que aconteceu com Jaeger durante aquela partida. Navratilova contesta a versão de Jaeger sobre o pacote de batatas fritas. Chris Evert, que também venceu Jaeger em uma partida na qual de modo suspeito somente um dos lados jogou, afirma que Jaeger jogou bem. Quem pode ter certeza do que estava acontecendo?

No entanto, o fim da história é certo. Depois de uma série de lesões, Jaeger se aposentou. Foi o melhor que podia ter acontecido com ela. Ela colocou os seus milhões em uma fundação para ajudar crianças com câncer. Mais tarde, tornou-se freira.

—

Fazer as malas. Quais livros levar, quais deixar guardados?

Jack vai para Berlim. Sarah vai para Jerusalém. Diane vai passar o verão em sua fazenda no interior do estado. Athena está voltando para casa. Ela sente inveja? Resignação? Raiva?

Ela quer saber: como um vencedor se sentiria nessa situação?

—

picture of which we are instructed that the loser was obliged to suffer another to ride on her back. Some

Meu vizinho acorda cedo, faz café, toma um café da manhã saudável. Sai logo em seguida para seu emprego gratificante. Ele tem aquilo que parece ser um verdadeiro propósito na vida. Olhe aqueles músculos, parecem excelentes. Aposto que ele puxa ferro com verdadeira determinação. E ingere seus copos de água calmantes à temperatura ambiente com um propósito. Meu vizinho — ele deve fazer tudo assim: com propósito. Pela passagem de ar, ouço quando ele trepa e goza com propósito. E defeca com propósito. Ele assiste à tevê com a fisionomia mais cheia de propósito, e provavelmente dorme profundamente, mas com propósito. Aos fins de semana, ele desperdiça tempo na internet e faz piqueniques no parque (com um propósito). Viaja no metrô com propósito, com uma expressão neutra que intimida aqueles que não têm propósito. Ele aperta um bíceps; acaricia um cachorro; come seu lanche vegetariano; ele acaricia um corte na pele; ganha o concurso de enterradas do escritório; ele bebe café; ele sente o agradável prazer do ar-condicionado ventilando em sua cabeça exatamente na temperatura certa. No silêncio, tem uma falha momentânea de concentração. Esse rapaz, tão cheio de propósito, sempre tão ocupado, às vezes é descuidado e sai do apartamento sem trancar a porta. Como ele pode deixar passar esse detalhe? Qualquer um poderia entrar e reorganizar as coisas de um modo que, quando chegar, não vai reconhecer onde está. Onde estou? O que é isso? Eu comprei essa tigela? Isso é fruta? Ele pega a laranja e leva ao nariz. O cheiro é de laranja. Há um reconfortante brilho de cera na superfície. Ele se tranquiliza. Desde que você faça as coisas com propósito, você sabe que não está desperdiçando a vida.

Repentinamente meu vizinho surpreende-me espiando-o, agachada debaixo da mesa da cozinha. Ele percebe que sou eu quem acompanha a vida dele, seguindo seus passos por aí.

Ele diz: O que você está fazendo? Por que você está sempre por perto? Você existe? Conte-me: O que tem na sua geladeira? Quais são seus objetivos?

Ele exige que eu saia de debaixo da mesa.

Eu digo: Você me mostra onde fica o banheiro?

Ele parece decepcionado. No corredor, a primeira à esquerda, ele diz. Não, não essa porta. Não. À esquerda.

No banheiro do vizinho, vejo a janela familiar. Meu apartamento está ali do outro lado, e estou nele, olhando para cá.

—

O problema é que consigo imaginar tudo e não consigo fazer nada.

—

Sally não foi selecionada no mestrado. Ficou na "lista de espera". Um gesto sem sentido, em minha opinião. "Vou tentar novamente", ela diz no telefone, resmungando corajosamente. "Houve gente na entrevista que disse ter tentado três ou quatro vezes."

—

Penso em fazer um encontro de despedida, mas receio que apenas Jack fosse aparecer.

—

inventário:
lua crescente
telefonema choroso
passagem de avião
6 caixas de maçã

—

Aguardo no saguão do escritório de Ellen no centro da cidade com minhas caixas porque ela disse que posso guardar parte das coisas aqui até voltar. Fico feliz por ela não cometer um ato falho e dizer "se" eu voltar. Ah, Ellen, vou sentir falta dela também.

Estou esperando lá embaixo porque esqueci minha carteira em casa e o segurança não vai abrir uma exceção para mim. Ellen tem de descer trinta andares para receber minhas caixas. Penso na imagem dela lá em cima no céu, descendo até os patamares mais humildes aqui embaixo. Devo parecer extremamente irritada, porque o segurança pergunta com estupidez, "Quantos anos você tem?". Olho para ele curiosa, tentando perceber sua intenção. "Meio velhinha pra esquecer a carteira", ele bufa.

—

O sujeito com aparência meio intimidadora que vai sublocar meu estúdio trouxe duas malas pretas, brilhantes, umas caixas com LPs, e um monte de aparelhagem de DJ. Seu físico é de um pré-adolescente, mas a jaqueta de couro fica bem nele. Tenho medo que possa ter um crush por um menino de dezenove anos de idade. Pergunto o que ele pretende fazer durante o verão, e diz, "Virar DJ".

"Ah, uau. Ok. Boa sorte."

Ele olha ao redor como um proprietário que analisa o imóvel, depois me entrega três cheques pré-datados. Os pais dele, Bill e Suzanne, moram no Maine.

—

Minha última manhã. Ouço os guias turísticos trabalhando mais uma vez. Recentemente minha rua tornou-se rota de um ônibus de dois andares para turistas, talvez cumprindo alguma exigência excêntrica de oferecer uma visão rápida, mas representativa, de

Chinatown. Os guias gritam em seus megafones e acenam loucamente em pontos turísticos fabricados. Vejam isso! Vejam aquilo! Os turistas surpreendem-se e se amontoam como pinguins em suas capas de plástico, com as câmeras em frente ao rosto.

—

Certo dia avistei Paul entre as massas de turistas com ponchos. Sigo com o olhar o ônibus dele até onde consigo antes de ele desaparecer na neblina. Se me esforçar bastante, quase consigo avistar o East River.

—

Dizem que se perde temporariamente a capacidade de raciocínio quando se está na água. Será verdade? Não sei. Quando estou na água, só consigo pensar em um milhão de coisas que deveria fazer em vez de ficar flutuando.

Piscina em um quintal, vazia. Aproximadamente 1999.

Los Angeles

Minha mãe vem me pegar no aeroporto. Ela encosta no meio-fio com um Camry surrado, meu carro antigo de quando estava no ensino médio. Há um amassado novo no para-choque dianteiro e um extenso arranhão preto na porta do passageiro. Ela está com as roupas de flanela que usa no trabalho, o cabelo sem lavar com pontos de tinta branca. Cheira a reboco e suor e àquele odor gorduroso, não ventilado de restaurante chinês barato. Dou um abraço nela, mas permanece com o corpo rígido, pouco acostumada a manifestações de afeto ocidentais. Quando sorri, vejo que o incisivo superior dela amarelou. É como um golpe no coração.

Olho pela janela. A paisagem ao longo da estrada é uma escala cinzenta. Sento no banco do passageiro, minhas mãos sobre o colo como a filha obediente que eu fui. Meu nariz coça como incitado pelo cheiro dela. Então eu percebo que o cheiro deve estar impregnado nos bancos do carro e deve estar lentamente se infiltrando em minhas roupas.

———

Como se explica que, apesar de serem trabalhadores da construção civil, minha mãe e meu pai jamais tenham se preocupado com a manutenção da própria casa?

Aqui vai rápida lição, minha mãe diz, indo de um cômodo a outro. O método para ligar torneira cozinha é usar pano molhado para agarrar forte e abrir igual pote teimoso! O chuveiro está calcificado, mas é fácil encher banheira pequena e jogar balde na cabeça! Queima mais caloria, chuveiro manual, haha.

Imediatamente depois de me contar sobre a torneira, esqueço e corto o dedo. De modo brusco sai vasculhando em busca de band-aids, abrindo e fechando as portas do armário com furor. Ai yah! Onde está? É como se fosse uma mera casa alugada para as férias e nada estivesse no lugar.

Minha mãe decide que devo ficar com o carro durante a tarde e pede que dê carona até a propriedade onde meu pai está trabalhando. Para eles é sempre outro trabalho, outra casa. Eu trabalho. Eles dão duro.

No caminho, ela pede desculpas por não ter tido tempo para arrumar meu quarto. Fico constrangida e digo, É claro, você anda tão ocupada, como ia poder? Eu faço isso.

Ao voltar, vejo que ela não estava exagerando: a cama e os móveis ainda estão cobertos com lençóis empoeirados. Quantos anos de poeira ali? A cada passo, sinto teias de aranha tocando minhas coxas e meu rosto. O quarto resiste um pouco. As aranhas se penduram furiosas, em seus cantos.

—

Uma tarde destinada à faxina. Esfreguei o chão e lavei. Depois de jogar uma bola de basquete no vespeiro que se encontra sobre a janela de meu quarto, fiquei observando o enxame de dentro. Bom, é assim que as coisas são. Para que eu me sinta em casa, as vespas tiveram de perder a delas. Olho para dentro do vaso sanitário a borda com acúmulo de minerais. Parece quase artístico, em verde e azul. Agora estou tirando meus livros das malas. O cheiro sujo da coifa desaparece, por um momento o pinho artificial se sobrepõe.

—

Meus pais chegam em casa cansados demais para notarem a limpeza. E eu estou orgulhosa demais para falar a respeito.

—

Chuva hoje. Tempestade com raios. Estranho para o verão. Não tenho como evitar o sentimento intenso vindo de mim em todas as direções nesses metros quadrados. Em Nova York, embora tudo seja acumulado até as alturas e possa sufocar a qualquer momento, há pelo menos uma sensação de um aprisionamento acolhedor.

A nogueira do lado externo sacode com o vento, as folhas batem umidamente contra o vidro. A chuva cheira a gramado com excesso de fertilizante e concreto úmido. Durante o dia todo não consegui me concentrar (e ainda não consigo). Embora tenha a impressão de que estou assimilando coisas. "Você está sempre observando a sua volta", Sally diz quando chega para jantar — "O que está olhando? Uma pequena colecionadora".

—

Depois do jantar, quando Sally sai da mesa, com as chaves do carro dela seguras firmemente, a atitude é tão adulta, definitiva, que começo a chorar. "Aonde você vai? Você não vai dormir aqui hoje?" Ela me olha de um jeito confuso. "Vou voltar para meu apartamento... Ah, o que foi? Jie jie!"

—

Manhã seguinte, tentando me concentrar. Qualquer outra atividade parece preferível à que eu preciso fazer. Até a experiência de limpar foi tão empolgante que mal consigo parar de pensar em outras coisas para fazer! Massacrante!

—

A Rotina: Acordar às SEIS, na mesma hora que minha mãe. Comer AVEIA. Escrever durante QUATRO HORAS. Comer pouco no almoço, de preferência SALADA. Revisar, ler ou fazer anotações por mais QUATRO horas. Não fazer mais faxina. SEM EXCEÇÕES.

—

Toda vez que passo o dia todo em casa, penso no poeta italiano do século XIX Giacomo Leopardi, santo padroeiro de um dos meus colegas mais dedicados — Henry, talvez. Leopardi é a prova de que trabalho meramente intelectual é tão cruel e antinatural quanto o trabalho totalmente físico. Aos vinte e seis anos, embora Leopardi já tivesse produzido uma história da astrologia, uma antologia de folclore literário, vários textos filosóficos, duas tragédias, um longo poema narrativo, traduções de poesia grega e latina, e a parte principal das *Operette Morali*, também desenvolveu uma deformação na coluna que iria incomodá-lo pelo resto da vida e impediria que tivesse uma vida social e que ficasse muito tempo ao ar livre.

—

Corpos e o que fazemos com eles. A vida do corpo, a vida da mente. Quando não há equilíbrio entre essas duas vidas, as coisas vão mal. Nosso bem-estar é um mecanismo supercomplexo de pesos e roldanas.

Por exemplo, nos últimos anos percebi que, quando algum amigo escreve para mim, a tendência é incluir algumas linhas sobre que tipo de exercício estão fazendo. Provavelmente acreditam que seja um modo fácil de ter alguma relação com minha pesquisa. Dizem coisas do tipo — "Se eu não me exercito não me sinto eu mesmo". Ou "gosto de treinar até me estourar todo". Quanto mais alucinante a vida da pessoa é ou tenha sido recentemente, mais precisam se arrebentar.

E, no entanto, aqueles que não conseguem se exercitar e que em vez disso decidem ceder a vícios pouco saudáveis também estão, conforme afirmam, tentando aliviar sentimentos de desequilíbrio. Parece que nosso comportamento, saudável ou não, tem o mesmo objetivo.

—

A vida virtual: Todo dia as notícias continuam vindo e vindo, e nós precisamos lutar com elas levantando ou baixando as velas adequadas da raiva, da empatia, da preocupação. Lutar com as notícias parece ser mais um trabalho de tempo integral.

—

Acabei de baixar um programa de cancelamento de internet chamado Freedom. Você digita por quanto tempo quer estar livre e o computador, como um inspetor contratado, proíbe-o de entrar para navegar até o tempo estipulado. Fico ali sentada digitando a contragosto. Minha própria mãe tigre.

—

Passaram-se poucos dias e, para minha decepção, a eficácia do Freedom diminui rapidamente. Sempre relutei em trapacear. Então agora, em vez de simplesmente reiniciar o computador para voltar a ter acesso à internet, surpreendo-me vagando cada vez mais longe do computador até que dê o horário. Faço mais faxina, reorganizo umas coisas na geladeira, faço um lanche, vou lá fora buscar a correspondência.

Hoje eu simplesmente entrei no carro e saí. Assistir a Estados Unidos × Gana pela Copa do Mundo. Fui até uma loja de sagu chinês em Arcadia que ia passar a partida. Todo mundo lá era chinês, fora uns poucos caras da América Central próximos aos banheiros. Eu era a única mulher.

Todo mundo estava extremamente bêbado. Todas as cadeiras em torno dos espectadores tinham sido derrubadas, e eu tentava entender por que nenhum funcionário se dava ao trabalho de levantá-las. Aí me ocorreu que talvez já tivessem tentado, muitas vezes.

O cara a meu lado falava um inglês quase perfeito por baixo do sotaque. "Da vez passada peguei duas semanas, mas não deu", ele disse. "Dessa vez pego o mês inteiro." Aparentemente um vilarejo todo na China tinha alterado as escalas de trabalho para poder ver os jogos de dia e trabalhar à noite.

Depois de um tempo, o cara inclinou-se como se fosse fazer uma confissão: ele queria que o jogo fosse para os pênaltis. Esse era o verdadeiro motivo por que assistia aos jogos de futebol. Achava emocionante, como jogar em um cassino. Hmm, tá bom, eu disse. Você é muito paciente.

Olhei em volta. Acho comovente que, apesar de ser uma sala cheia de imigrantes, todos estão torcendo pelos Estados Unidos. Aí nós perdemos. Êxodo em massa pelas portas para ir fumar. Uns caras começaram a brigar na calçada. Fui embora de estômago revirado. Quem diria que me envolvesse tanto com o jogo? Um rompimento brutal em um relacionamento amoroso unilateral.

—

A imagem no finzinho do jogo: no lado derrotado, os jogadores estão espalhados mantendo a maior distância possível entre eles no chão, as mãos cobrindo o rosto. O lado perdedor tende a ficar o mais na horizontal possível, próximo ao solo, como se tentasse afundar no chão. Se tivessem cobertores à mão, tenho certeza de que os perdedores iam tentar se enrolar neles. (Derrotados no tênis cobrem a cabeça com uma toalha — mesma ideia.) Derrotados que conseguem ficar em pé parecem apáticos e fracos, os ombros caídos, pés se arrastando, capacetes escorregando pelos dedos cansados. A derrota é uma decadência.

No lado vencedor, porém, há um súbito desejo de construir uma colmeia, de se tornarem um único organismo ruidoso. É como se o centro de cada grupo de pessoas pulando umas sobre as outras para comemorar contivesse um ímã potente que apenas atraísse vencedores, que flutuam pelo ar para atraírem uns aos outros. A vitória, como a gravidade, é uma força de convergência.

—

Inevitavelmente, os comentaristas americanos de futebol respondem à derrota da seleção americana insultando o estilo de jogo dos ganenses. Era um jogo "cínico" e "negativo" e "feio". Simulação, quedas desnecessárias, puxões, pisões, faltas, rolar pelo chão com fisionomia exagerada de dor — aparentemente, isso é muito desprezível para nós americanos que preferimos perder a destruir a "beleza" e a "integridade" do futebol. Nós, americanos idealistas, cheios de princípios, apesar de sermos péssimos no futebol, ainda achamos que temos o direito de nos colocar em uma posição de superioridade moral.

—

Falando honestamente, e as regras? Os esportes foram inventados por pessoas falíveis, e qualquer coisa que pôde ser inventada certamente pode ser atualizada ou até mesmo desinventada. Quando começaram a jogar futebol americano, os jogadores não podiam arremessar a bola, mas tinham permissão para escondê-la debaixo da camisa e correr para fora do campo e voltar para marcar um touchdown.

Isso significa que, quando se está participando de um jogo, é preciso levar as regras absolutamente a sério, mas ao mesmo tempo reconhecer que, em última instância, as regras são arbitrárias.

—

A palavra "cínico" deriva dos filósofos cínicos da Grécia antiga, chamados assim por viver "como cães" nas ruas. Para eles, a filosofia não era apenas uma doutrina, era um modo de vida. Os cínicos testavam os limites de propriedade sempre que possível para provar que as normas sociais eram arbitrárias e que não tinham valor inerente. Diógenes de Sínope vivia em uma banheira e fazia amor abertamente em público; outros abraçavam estátuas de gelo e rolavam na areia quente. Outros ainda suplicavam para se acostumar à vergonha. Como comer na ágora era considerado tabu, Crates certa vez enviou seu pupilo Zenão até lá com uma vasilha enorme de ensopado, e depois ele a destroçou com seus seguidores. Zenão fugiu, horrorizado, enquanto Crates ria diabolicamente dele: "Por que fugir meu pequeno fenício? Nada de mau aconteceu".

—

O paradoxo da conduta dos cínicos é que a razão incutida na quebra das regras do jogo, em última instância, é ganhar o jogo. Mas quebrar as regras para vencer é apenas mais um endosso da necessidade da vitória. Sendo assim, no fim das contas, quem leva o jogo mais a sério?

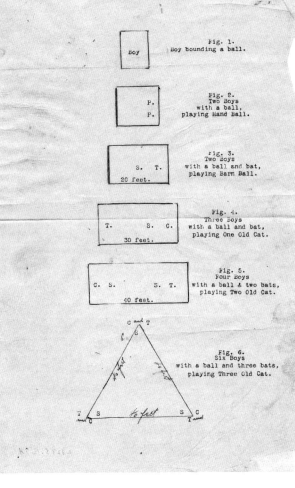

Fig. 1. Boy bounding a ball.

Fig. 2. Two Boys with a ball, playing Hand Ball.

Fig. 3. Two Boys with a ball and bat, playing Barn Ball.

Fig. 4. Three Boys with a ball and bat, playing One Old Cat.

Fig. 5. Four Boys with a ball & two bats, playing Two Old Cat.

Fig. 6. Six Boys with a ball and three bats, playing Three Old Cat.

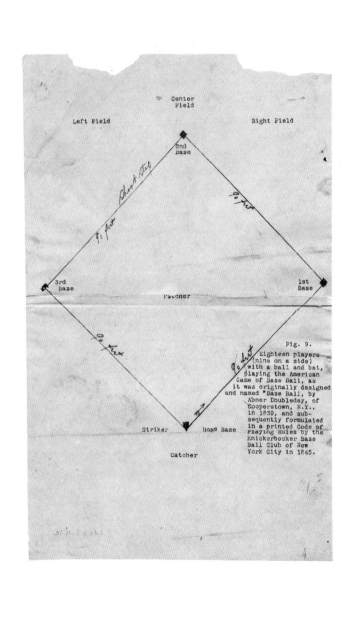

Fig. 9. Eighteen players (nine on a side) with a ball and bat, playing the American Game of Base Ball, as it was originally designed and named "Base Ball, by Abner Doubleday, of Cooperstown, N.Y., in 1839, and subsequently formulated in a printed Code of Playing Rules by the Knickerbocker Base Ball Club of New York City in 1845.

—

Hoje de manhã programei o Freedom para apenas três horas, depois relaxei na minha cadeira com três horas para matar. Não sei bem por que, mas decidi descer até o porão. Acho que estava procurando um tapete de ioga. Depois de encontrá-lo, tive que reempilhar todas aquelas caixas. Será que ia ser tão desagradável dar uma olhada em algumas delas?

Caixas da infância. Caixas da faculdade. Caixas de cada apartamento em que morei. Minha vida parecia ser um rastro dessas caixas, lotadas de detritos de vida: recibos, papelada, redações escolares, canhotos de ingressos. Como eu evidentemente tinha decidido ficar com essas coisas, em algum momento devo ter achado que tinham algum valor. Mas separar as pérolas em meio às tralhas parece bem mais fácil agora. O tempo aguça essa capacidade, acho. Desci com um imenso saco de lixo preto e comecei a jogar coisas dentro.

De certo modo não esperava as caixas cheias de fitas e troféus. Eu mal acreditava na quantidade deles. Havia pelo menos trinta troféus embalados em uma caixa, com fitas jogadas como se fossem para fazer pacotes. As fitas tinham diversas cores — pêssego, bronze, azul-celeste, verde-limão, cinza — como um catálogo de tintas. Peguei algumas e verifiquei as datas no verso. Eu nadava mesmo tão rápido, tão nova? Eu fiz mesmo tudo isso?

—

Fitas, troféus, o sobretudo da Atleta Chen, mala com bordados, flutuadores, pés de pato, faixa elástica para exercícios, adesivos, adesivos de para-choque, maiôs, tatuagens temporárias, toucas de natação, calças de moletom, chinelos de dedo, medalhas, protetor solar, óculos de natação, prendedores de cabelo, revistas de natação, cronômetros, rotinas, planilhas de exercícios, xampu de natação, camisetas, toalhas da equipe...

O que é uma identidade?

—

Conheci o Treinador no ensino médio. Antes apenas sabia que ele era o professor careca de educação física e que também treinava uma equipe de natação conhecida. Ele foi meu professor de educação física por um semestre e, não sei por que, mas por algum motivo, começou a me chamar de Atleta Chen. Acredito que tenha sido porque havia outra menina na turma de educação física chamada Chen, mas o primeiro nome dela era Maura. Ela era uma atleta de verdade — a caminho de se tornar uma estrela da natação nacional — e acho que ele frequentemente nos confundia.

O treinador me escolhia para tarefas o tempo todo. Ele me chamava para liderar corridas rápidas, ou para explicar uma jogada, ou para ensinar aos outros como fazer arremessos no softball — coisas que eu não tinha ideia de como fazer. Eu estudava as demonstrações do Treinador. O jeito como levantava um joelho, depois girava o corpo e arremessava a bola ao mesmo tempo.

Em pouco tempo, outros professores de educação física estavam me chamando de Atleta Chen. Se me viam no saguão, gritavam: "Ei! Chen! Nadou bem no fim de semana?", e eu respondia: "Eu sou Athena, não Maura". Eles pareciam não ficar convencidos, ou talvez isso fosse parte de uma nova política da educação física, uma miniconspiração para estimular fracassados hesitantes. "Rá. Certeza que você foi bem", eles diziam, me dando um tapinha nas costas.

Meus colegas de turma também simplesmente aceitaram que eu era "aquela pessoa", a atleta. Desempenhei meu papel, e me tornei, simplesmente porque agora aquele era meu nome, melhor atleta do que quase todo mundo. Eu parecia uma força dominante no caçador. Nunca me pegavam no rouba bandeira. E eu sempre terminava a corrida de um quilômetro e meio em primeiro lugar, um milagre levando em conta que eu nunca tinha corrido a sério antes na vida.

—

O triatlo anual do ensino médio estava chegando. O Treinador decidiu que, como eu não tinha uma bicicleta decente para treinar, ia me emprestar a bicicleta de estrada dele, uma máquina superbrilhante, cor de neon, provavelmente mais cara do que o carro dos meus pais. Ainda me lembro de quando ele me mostrou a bicicleta, que estava estacionada no escritório dele, coberta com uma lona azul como se fosse um presente. Eu estava com receio da bicicleta. Era cara demais, considerável demais. Mas como eu era a Atleta Chen, eu não tinha escolha, tinha de treinar.

Treinávamos diariamente depois das aulas. Eu dava voltas na pista enquanto o Treinador ficava sentado em uma cadeira de plástico e anotava meu progresso. Ao final de uma hora, minhas pernas e as meias brancas estavam cobertas com a poeira vermelha da pista. Tinha de me lavar antes de pular na piscina. O chuveiro do deque tinha uma borda permanente de argila.

Até hoje, não tenho ideia de como consegui vencer o triatlo do ensino médio. Como eu consegui bater o recorde da escola? Será que eu estava me esforçando mesmo? Só lembro que ganhei. Quando cruzei a linha de chegada, o Treinador estava exultante. Ele estava certo desde o começo sobre mim!

—

Depois de conhecer o Treinador, fiquei rápida em muito pouco tempo. Fui de prata a ouro e a Olímpico Júnior em menos de dois anos. Nadava costas, livre de meia distância, e às vezes o medley individual. Minhas competições de natação me levavam cada vez para mais longe de casa, exigindo cada vez mais dinheiro. Mas o Treinador sempre cuidou da burocracia e de algum modo fez as coisas acontecerem. Ele me apresentava a pais mais engajados para que eu sempre tivesse carona para as competições. Pareciam dispostos a tomar conta de mim por eu ser rápida. E quando contei para ele que minha mãe e meu pai estavam reclamando de minhas notas, entrou em contato com eles para convencê-los de que se eu continuasse assim, provavelmente ia conseguir uma bolsa para a faculdade. Estavam céticos, mas permitiram que eu continuasse nadando. Eu tinha de ir em frente. Eu tinha uma chance. Quando fiz quinze anos, estava no número 29 do ranking da Califórnia de nado costas 200 metros.

—

Mais artefatos: Atleta Mais Valiosa dos Jogos Escolares. Equipe Nacional Amadora. Carta do Presidente da Liga. Parabéns! Clipping de jornais. Campeonato Nacional Juvenil. CD Player pixado com tinta branca. Você é a melhor! Retrato autografado com Gary Hall Jr., Jason Lezak, Amanda Beard no Rose Bowl Aquatics.

—

Sim, Jason Lezak! Como fui me esquecer? Uma vez ele foi visitar nossa equipe. Chegou em um Maserati. Acho que estava dando conselhos sobre o modo de entrar na água, mas vá saber. Lembro que ele era bem mais alto que a gente, um urso com músculos delineados, um colosso de mármore. Foi sensacional estar perto dele.

Aí, as Olimpíadas de Pequim. Aos 35, Lezak era o nadador mais velho naquela equipe de revezamento 4 × 100 nado livre. Eu mal podia acreditar que ele continuava nadando. Quando era criança ele já parecia velho para mim, e agora eu era adulta e ele continuava lá. O revezamento foi a única prova dele. Sabia que ele treinava sozinho. Eu me questionava se, enquanto estava ali, ele pensava nos seus quatro anos de treinamento solitário. Não era esperado que a equipe americana vencesse; os franceses eram os favoritos. O sinal deu a partida e Phelps fez a primeira parte. Depois Weber-Gale nadou, depois Cullen. Como previsto, a equipe americana estava perdendo. Quando Lezak entrou na piscina, a equipe francesa tinha um corpo inteiro de vantagem. Era uma diferença quase impossível de tirar. Os comentaristas já falavam sobre o que tinha dado errado quando perceberam Lezak diminuindo a diferença. Com apenas meia piscina pela frente, ele seguia se aproximando. Todo mundo no Cubo Aquático estava prestando atenção agora, e quem estava nas arquibancadas levantou, agitando os braços, gritando. Era uma barreira inacreditável de som, Lezak deve ter ouvido. Ou sentido. E assim do nada, em 46.06 segundos, Lezak venceu, chegando oito centésimos de segundo antes do nadador francês. Foram os cem metros mais rápidos da história da natação.

—

Ah, lembro do que aconteceu nesse encontro. Eu devia estar no sexto ano. Era só a segunda ou a terceira vez que menstruava, e ainda era uma coisa bem apavorante. Ingênua, achei que o Treinador ia me deixar ficar em casa. Quando liguei para contar, lembrou-me supersério que não tolerava desculpas. "Sem desculpas" era um dos lemas dele. Isso e "Sem medo" e também "Sem arrependimentos".

Minha mãe não estava em casa, então o que eu podia fazer? Como eu ia nadar daquele jeito? Quando Jessica, minha colega de equipe, veio me apanhar para dar carona — ela era nossa nadadora mais rápida e dois anos mais velha — contei de meu problema. Depois de deixar a gente, a mãe dela foi à farmácia comprar absorventes para mim. Quando voltou, ela me chamou de lado e disse, "Você vai saber o que fazer. É fácil. É que nem transar. A coisa acha o caminho".

No banheiro, coloquei o folheto explicativo sobre absorvente interno sobre a tampa do vaso sanitário. Li as instruções, que pareciam extensas apenas por estarem impressas em várias línguas. O esquema bastava. Segurei o absorvente entre os dedos em um ângulo de quarenta e cinco graus e me senti incrivelmente adulta. Senti uma necessidade de levar o absorvente aos lábios como se estivesse fumando um cigarro. Li o folheto novamente. Certamente havia mais instruções. Eu não tinha ideia do que fazer a seguir. A essa altura, grupos de meninas tinham entrado no banheiro, dado a descarga e saído. Coloquei o absorvente de acordo com a recomendação do esquema e constatei que não introduzia. Talvez tivesse se passado uma hora. Transpirei bastante e o tubo de papelão estava úmido por causa do suor das mãos.

Saí correndo e disse a Jessica que aquilo era impossível. "Não é tão difícil! Coragem!", ela sussurrou. Estava em concentração antes da prova e não tinha como me dar atenção.

Corri de volta para o banheiro e fiz mais umas tentativas. Experimentei por mais uma hora. Minha vagina parecia em carne viva e ferida de tanto me esfolar com um pedaço de papelão. Eu tinha usado a caixa toda de absorventes e esse era meu último.

Pensei no que eu ia dizer para o Treinador. Nada, decidi. Ele não ia entender. Simplesmente era impossível. Eu estava convencida de que havia algo anatomicamente errado comigo. *Não tem buraco!* O tempo estava passando e minha prova logo começaria. Cogitei se tinha dinheiro suficiente no bolso da jaqueta para usar o telefone público. Ia ligar para meus pais no trabalho e implorar que viessem me buscar. Ia fugir. Ia nadar sem um absorvente, como a menina que sem saber saiu da piscina com sangue escorrendo pelo meio das coxas.

Enquanto elaborava meu próximo movimento, percebi assustada que o absorvente havia desaparecido. Será que tinha derrubado no chão? Tinha rolado para fora do banheiro? Olhei à minha volta e por baixo das divisórias para verificar nas outras cabines, mas não tinha nada ali. Será que significava que eu tinha conseguido? Olhei entre minhas pernas e vi uma cordinha pendurada. Estava lá dentro! Puxei, e continuou lá.

Corri para a piscina. Abri caminho até meu bloco de partida e mergulhei bem a tempo. Quando bati na parede, vi perplexa que tinha quebrado meu recorde.

—

Cinco da manhã, um frio na barriga. Repentinamente sinto necessidade de ir nadar. Sally diz que posso acompanhá-la ao treino de masters dela.

"Faz mais de dez anos que não treino", resmungo para Sally no carro. "E se eu ficar pra trás? Não estou em forma."

"Então nade na raia lenta", Sally diz. "Ninguém dá a mínima para sua velocidade."

O técnico é um rapaz russo chamado Leo. "Gêmeas", ele diz. "Espero que vocês nadem de um jeito diferente para eu saber quem é quem!"

Sally ri e salta na raia habitual dela enquanto entro na raia mais lenta. Como a água está fria e, afinal, tenho algo a provar, começo nadando muito rápido. Leo em pouco tempo me passa para a raia de Sally. Entro em pânico e quero reclamar: Não, não, na verdade não sou tão rápida. Mas é tarde demais. É um exercício em pirâmide. No final, continuo sendo mais rápida do que todo mundo. Para evitar a proximidade dos pés deles, tenho de dar mais de meia piscina de vantagem antes de impulsionar na parede. "Você está bem?", a menina à minha frente pergunta, peito resfolegante enquanto paramos na parede.

"Ah, sim, estou bem!", aceno com a cabeça.

"Quer ir primeiro?"

"Ah, não, estou bem", insisto. Sei que esse comportamento é absolutamente irritante.

—

Que engraçado, essa tomada de consciência de qual é sua posição em relação aos outros. Você sabe a diferença em cada braçada, em cada exercício, em cada parte do treino. Os ajustes são diminutos e constantes. Subitamente me pego pensando se uma infância toda me posicionando em relação aos outros me causou algo psicologicamente.

O céu clareia, e logo é manhã.

—

Depois do treino, Sally quer dar uma passada no apartamento dela, de um quarto, perto do trabalho em um centro de reforço escolar onde é secretária. Não tenho vontade de tomar conhecimento de sua vida nova longe de casa, mas ela parece ansiosa para mostrar. E, de todo modo, estou no banco do passageiro. Andamos devagar em meio ao trânsito. "Quando passou para a minha raia, não sabia que era você", Sally ri. "Você tem uma braçada tão agressiva! Parece que está tentando tirar todo mundo do caminho."

"Mesmo? Estava indo rápido contra a vontade", eu protesto. "Nadar em grupo realmente faz diferença. Não há chance para decidir se você vai em frente ou não…"

"É, a vontade do indivíduo é subjugada pelo grupo."

"Por isso que você entrou na equipe? Para poder parar de se questionar?"

Sally me olha daquele jeito. "Apenas acho divertido."

—

Ei, mãe! Por que você queria tanto que eu nadasse? Para começar, de onde veio a ideia?

Eu faço essa pergunta no café da manhã enquanto ela come sua tigela de aveia instantânea pura. Meus pais acabaram de terminar um trabalho, e agora ficam em casa comigo o dia inteiro, meu pai vendo coisas curiosas na internet o tempo todo, minha mãe invadindo meu quarto sempre que vai fazer alguma coisa. Vou refogar um repolho! Vou pendurar a roupa lá fora!

Durante toda a nossa infância o trabalho deles sempre oscilou: períodos de dias com estonteantes dezesseis horas de trabalho e depois nada. A estagnação. À espera do próximo cliente. Quando menina, eu jamais conseguia estar completamente presente com eles: eu me ressentia por todo o tempo que passavam ocupados e não conseguia estimar os tempos de calmaria, sem nunca saber quando outro trabalho os faria sumir novamente.

Dessa vez, me vejo em um ressentimento silencioso e irritada pela intromissão deles em minha rotina de escrita. Pelo menos é o que digo a mim mesma. Na verdade, sei que estou meramente usando esse fato como pretexto, uma armadura contra minha própria incapacidade de terminar a tese. Vou começar novamente assim que acharem outro serviço, penso comigo mesma.

"Quer dizer, por que você me jogou na piscina e me forçou a entrar para a equipe de natação?"

Minha mãe zomba de mim. "Como assim eu põe você na natação? Eu não! Você querer nadar e decide só você! Você me obriga!"

"Obviamente você queria que eu fosse, se não por que ia me deixar nadar por tanto tempo?"

"Não sei do que você fala. Você faz porque fica falando que quer fazer. Eu só penso tudo bem, menina teimosa, não posso impedir. Eu era mãe confusa. Porque você sabe quando você tinha cinco anos antes de nós deixar Taiwan? Fim de semana levo você brincar com primos em Yilan, com San San e Di Di, e eles sempre pulando que nem macaco maluco, tão ativos, tão confiantes. Mas você? Não, não, não. Você sempre trata corpo como diplomata, ok? Muito educada e cuidadosa. Eles sobe e desce parquinho gritando berrando pulando, mas você só deixa corpo pendurado de ponta-cabeça no trepa-trepa como esfregão molhado. Parecia que podia largar e cair, sem força. Vejo isso na hora. Penso, Uau, não pode ser. Nós vamos para América e você andando devagarinho igual camundongo! Sabe qual meu programa favorito quando eu era menininha? *Leave to Beaver*. Meu ator favorito de cinema? Clint Eastwood. Caubóis índios, tão empolgante! Estamos indo para um lugar grande então você tem de ser forte igual. Mas quando chega aqui levo você rinque de patinação e logo quebra braço! Aí cai da bicicleta e quebra pé! Meu deus. Outro ano, quando a gente procura essa casa pra comprar, a piscina ficava no quintal e eu penso sim, boa ideia! Então depois a gente vai nadar. Você tinha tanto medo da água. Quando você toma banho tem que inclinar cabeça assim para água bater só na testa. Dá pra imaginar a primeira vez que jogo você na piscina? Estava tão assustada e gritando chorando que nem louca e se debate, mas eu penso tudo bem, água não quebra osso. Ando em volta da piscina com rede de catar folhas para pegar você, hahaha! Lembra? Haha. Desculpe. Fui malvada. O tempo todo, me dizendo para levar você para aula de natação. Não tinha tempo porque precisa trabalhar. Finalmente digo ok, te levo para entrar na equipe natação. Você talvez quarto, quinto ano? Quinto, provável. Ocupa seu tempo todo. A mãe da Tammy leva você pra aula todo dia, né? Você continua com boas notas, então penso que tudo bem. Mas no ensino médio notas não tão boas, mas penso pode ser que você pode continuar em frente porque é jeito americano. Eu não expliquei pra você? Nunca expliquei por que acho nadar tão magnífico? De nadador que vi na tevê? O menino da minha cidade, Yilan? Não? Tem certeza? Ok. Agora conto história maravilhosa, ok? Lembre para sempre. Muito tempo atrás, quando você estava na minha barriga, ouço algo no jornal muito inacreditável. Uma americana vai nadar de Cuba até a Flórida! Com o corpo dela sozinha! Objetivo dela é consertar relações de Estados Unidos e Cuba…"

—

Minha mãe me diz que nunca aprendeu a nadar. E a simples ideia de estar em um barco é aterrorizante para ela. Embora saiba que esse comportamento era irracional, ela jamais pôde acreditar que a água tinha densidade suficiente para fazê-la boiar. Mas certa vez, tarde da noite, ela assistia a essa americana tentando cruzar o oceano a nado. A mulher era destemida, quase inumana, como uma máquina que bate os braços, as pernas, respira, braços girando um depois do outro incessantemente. Um pontinho minúsculo no mar. O único som que a acompanhava era do chapinhar repetido dos braços batendo na água, o ruído das ondas atingindo o barco de apoio que flutuava atrás dela a distância regulamentar. Algumas vezes sem saber essa mulher ia em direção a trechos cheios de águas-vivas do tamanho de discos e caravelas. A dor das ferroadas era tão forte que ninguém saberia como descrever. À medida que as horas corriam, a língua dela, por causa da água salgada, inchou a ponto de perder a capacidade de falar. A manhã chegou. A tripulação a alimentou por meio de um tubo. O clima a distanciou ainda mais do trajeto planejado. A cada vez que tirava a cabeça da água para saber das novidades, para saber quantos quilômetros faltavam, eles tinham de mentir. A tripulação não tinha coragem de contar que ela não ia conseguir.

Enquanto isso, esse menino, o antigo vizinho da minha mãe, estava em Jinmen, em Taiwan, onde tinha se alistado voluntariamente no exército em um surto de patriotismo. Acadêmico brilhante que havia frequentado as melhores escolas, aderiu à retórica nacionalista da juventude no geral, porém esse período nas forças armadas estava o levando a ter sérias objeções. Será que os taiwaneses eram de fato tão corretos; será que os chineses realmente eram tão corruptos? Desde a fuga dos nacionalistas para essa ilhota, as fronteiras tinham sido hermeticamente fechadas. No entanto, ele estava começando a constatar as rupturas estruturais. O bastião da democracia não passava de um reino dos náufragos.

Naquele verão, esse menino assistiu à mesma transmissão na tevê da nadadora americana. E ele pensava nela com frequência. Da guarita onde montava guarda toda manhã, podia avistar a China, uma orla logo depois de um trecho de mar frio. A propaganda que retumbava do sistema de autofalantes de emergência soava como ecos melodiosos, subterrâneos. *Volte à terra natal! Você será um herói!* Os sistemas de emergência de Taiwan respondiam, com som claro e estridente: *Junte-se a nós! Junte-se a nós! O futuro dos Han é Taiwan!*

Durante todo o verão, o menino ponderou suas opções. "Essa distância não é nada comparada com a que aquela mulher nadou", ele pensou. "Dá para ver a terra. Dá para tocar nela." "Você não sabe nadar", outra voz soava em sua cabeça. "Você não vai chegar vivo do outro lado."

No entanto, estava decidido. Geralmente quando tinha tempo ele estudava mapas e cartas das marés e das correntes na cabine do banheiro. Fazia flexões extras e treinava o movimento das pernas deitado de costas.

Aquele verão foi particularmente quente, e um número nunca visto de águas-vivas foi dar à praia. À noite, ele saía às escondidas seminu e ia até as praias rochosas e pegava as massas gosmentas, espalhando por todo seu corpo. A dor que causavam começava com uma leve comichão, que evoluía tal como ferro quente. Permanecia ali deitado, suportando a dor. Se alguém perguntasse, esse era um novo tipo de tratamento de beleza. Se alguém perguntasse, ele era sonâmbulo.

O dia estabelecido para a partida finalmente chegou. O clima naquele dia estava ameno e tranquilo. Não, na verdade, havia uma tempestade se formando, um furacão categoria 2. Estava aflito. Com uma bola de basquete debaixo de cada braço, lançou-se silenciosamente à água, um avião no mar, batendo as pernas em silêncio debaixo d'água para não ser ouvido.

Depois de nadar até o continente, tornou-se um herói chinês. Trabalhou como tradutor, embaixador e terminou como dirigente do Banco Mundial. Tornou-se tão rico que foi uma das primeiras pessoas a comprar um carro particular em Pequim. Tudo porque ele ousou nadar.

"Tá. Sério? Essa história nem é verdadeira."

Minha mãe sorri. "Se é o que você diz. Porém penso nisso o tempo todo."

—

Fui procurar no Google o "carinha" do Banco Mundial. Realmente ele existe. E de fato ele nadou até a China.

—

Então, depois desses anos todos, descubro que minha mãe sempre pensou na natação com esse viés imperial, de conquista, como se afinal fosse me levar a algum lugar. Mas eu nunca cheguei a lugar nenhum, nunca cheguei a nenhum lugar que valesse a pena ir.

—

Será que pelo menos aprendi alguma coisa com esses anos de treinamento? Aprendi que não podia ser a melhor. Aprendi que não tinha instinto de luta. Aprendi que estava desesperada por aprovação e que ia em frente mais pelo medo e pela vergonha do que pelo desejo. Não tinha desejo de vencer. Aprendi mantras que só aumentavam minha vergonha. Apenas o treino perfeito leva à perfeição. O dicionário é o único lugar em que sucesso vem antes de trabalho. Vencedores nunca desistem e desistentes nunca vencem.

Com uma diversidade cada vez maior de mantras que chegam até nós todo o tempo, aprendemos muitos deles. Como esse mecanismo de motivação funciona? É algo que jamais aprendi.

Nas mais abissais profundezas dos mais esgotantes exercícios de natação, quando os dedos das mãos e dos pés começavam a formigar e eu via estrelas por causa da falta de oxigênio, jamais consegui extrair energia dessas frases, não quando realmente era importante. Era como segurar um amuleto que não continha mágica.

—

Outra observação incômoda: minha mãe está sempre sentada. Por que você senta para secar o cabelo? Por que senta enquanto a chaleira ferve? Ela faz um gesto na direção das pernas.

"O quê? Dor nas costas?" Ela responde que sim meneando a cabeça.

"Faz quanto tempo?", exijo saber. "Por favor, vá a um médico! Vá agora mesmo!"

Ela sacode a cabeça e resmunga de um jeito quase condescendente. Aquele brusco "Hhn!" que significa: "Tolinha! Sabe quanto custa ir ao médico?".

"Qual é o plano de saúde de vocês afinal?", pergunto, indo mais a fundo. "Vocês não pagam tipo oitocentos dólares por mês?"

Ela dá de ombros. "Os negócios vão mal então não tem como pagar agora."

Na hora seguinte, prometo coisas a mim mesma: *Um dia eu vou... e Um dia isso não vai... e Um dia quando eu...* As promessas soavam vazias. Tenho medo de terminar as frases. *Um dia quando eu conseguir um emprego bem remunerado e seguro com meu doutorado em estudos americanos...*

A única coisa que eu posso fazer é procurar quiropráticos no Yelp e ler as resenhas em voz alta para ela.

Ela diz: "Você não tem uma tese para terminar? Cuide de você, e eu cuido de mim, ok?"

—

De agora em diante vou à biblioteca trabalhar.

—

E aqui estou eu escrevendo sobre corpos, corpos, corpos.

.

Fiquei sem fôlego na natação hoje. Irritada depois do treino, pus os dedos na jugular e comecei a contar. Ainda alto.

É um velho hábito. Todas as vezes que fazíamos exercícios anaeróbicos, o Treinador obrigava a gente a colocar os dedos na jugular e contar a pulsação. Aí dizíamos os resultados para que anotasse em um gráfico. No começo gostava de fazer isso por achar que seria uma medida objetiva do meu sofrimento. Queria constatar se sofria tanto quanto os outros.

Para meu desespero, meu sofrimento era sempre o maior: minhas pulsações eram sempre mais aceleradas que as dos outros.

Às vezes eu dizia meu número e o Treinador ria na minha cara. "Se seu coração estivesse mesmo batendo nessa velocidade, você estaria morta!"

Tornou-se uma piada. No final de todo exercício anaeróbico: "Deixa eu adivinhar, duzentos e vinte?". Ele presumia que eu estivesse inflacionando os números, mas não estava. Aprendi a rir junto.

—

Não faz nenhum sentido, nada disso. Passei toda minha infância navegando em meio a um miasma de informações incorretas.

Na época a gente não tinha o Google. Eu não tinha para quem perguntar as coisas.

—

É fácil chorar na piscina. Ninguém sabe que você está chorando.

—

Se minha mãe se atrasasse para me pegar depois do treino, eu tinha de ligar para ela do telefone público com moedas de verdade. Eu ficava sentada no gramado da escola esperando, faminta, racionando meus Skittles. Um Skittle por minuto até que ela chegue.

O sol se punha e o estacionamento ficava vazio e eu continuava ali sentada debaixo dos holofotes, esperando. Como eu passava o tempo? O que se passava pela minha cabeça?

—

Na consulta seguinte ao médico da família disse que tinha receio de meu coração estar batendo rápido demais, e ele me disse que eu tinha sopro e uma pequena arritmia, mas que era completamente normal para um atleta. Tudo parecia bem. Então ele disse que talvez eu estivesse pegando um pouco pesado no treino. Todo mundo tinha limites. Talvez esse fosse o meu.

—

Meus limites foram delimitados assim:

Verticalmente, por minha melhor posição no ranking: 29ª nos 200 metros costas. 2:27:02. Mas o limite inferior continuava caindo. O limite inferior foi de 44ª para 63ª para 190ª, em uma questão de milissegundos.

Horizontalmente, em um voo até o Texas para o Campeonato Júnior de Inverno. Classifiquei-me com três outras meninas. Meus pais não iam pagar. Eu adiei para contar ao Técnico apenas em cima da hora. Bem no fundo, eu estava feliz por não poder ir.

—

E foi isso. Eu comecei a observar o perímetro.

—

Depois de desistir, eu ainda tinha de frequentar mais um ano de ensino médio e precisava recuperar o tempo perdido. De algum modo consegui entrar em Berkeley mesmo assim. No entanto, o sentimento de inadequação me seguiu da natação para a escola.

—

De onde vinha a magia de Paul e de Louis? Vieram transferidos de uma faculdade comunitária em Fresno. Eu era caloura quando estavam no terceiro ano, mas eles pareciam anos-luz à frente. Copiei os hábitos deles, o jeito de falar, a ética de trabalho deles. Também eram filhos de imigrantes. Louis em especial trabalhava intensamente. Mas não tinha o talento nem o carisma despreocupado de Paul.

Na época, a ambição gritante de Louis irritava-me. Às vezes, tarde da noite, uma única luz acesa sobre a escrivaninha, ele me encarava como um mago maligno com uma terrível ânsia de poder. Então já na época éramos um trio. Paul tinha de ser a cola, o fio condutor por onde circulava nossa amizade. Paul podia se divertir com qualquer um de nós, mas Louis e eu não nos divertíamos se estivéssemos apenas os dois.

Ou talvez eu fosse a cola, uma espécie de nêutron, uma cifra. Minha presença não perturbava o equilíbrio entre eles.

Na faculdade, jamais falei do meu passado como Atleta Chen.
Queria esquecer aquilo tudo.

No entanto, as piscinas me atraíam. Eu ia nadar na piscina principal onde a equipe treinava, e, lá no fundo, sempre estava pre-
parada para que alguém me chamasse e quisesse me levar para
alguma equipe. Era ao mesmo tempo uma fantasia e um pesadelo recorrente. Não queria nadar, mas desejava que alguém
me dissesse que ainda seria escolhida.

—

Acabei por encontrar outra piscina no campus, escondida no
bosque. Era frequentada basicamente por pessoas em idade
avançada: professores idosos e bebês de fralda. Durante o dia,
a piscina toda ficava tomada por hidroginástica ou aulas de natação para bebês. Quem queria nadar ficava apenas com uma
raia, onde era desagradável nadar por absorver o grande fluxo
de atividades ao redor. As crianças se penduravam na raia sempre que cansavam, era comum que deixassem os brinquedos
boiando à deriva. Além disso, caso os salva-vidas decidissem
por retirar a raia de imediato — e eles eram especialmente
imprevisíveis —, eu tinha de sair.

No entanto, à noite, depois do pôr do sol, quando os salva-vidas tinham fechado tudo e ido embora, a piscina era de quem
fosse até lá. Se eu conseguisse andar pelo estacionamento escuro e vazio e escalar a cerca à luz do luar, sem medo de ser
atacada por cachorros, se conseguisse fazer tudo isso sem perder a determinação e sem desistir, podia ter a piscina inteira só
para mim. Podia flutuar de costas e olhar as estrelas e o vento
soprando em meio às árvores lá no alto. Se estivesse quente
o suficiente, podia ficar lá boiando por um bom tempo. Nas

vezes em que tive coragem suficiente para ir e nadar na piscina sem ser perturbada, em liberdade absoluta, sentia-me ao mesmo tempo imensamente grata e imensamente solitária. Era belo e absolutamente incomunicável, e eu ficava pensando se a beleza se devia ao fato de aquilo ser incomunicável. Dividir aquilo com alguém teria fragmentado um momento de pura percepção. Por outro lado, talvez aquilo fosse belo porque eu estivesse compartilhando tudo com outra pessoa ideal, hipotética. Essa outra pessoa sem dúvida iria achar aquele tipo de coisa belo, e, portanto, eu também achava. No entanto, como essa pessoa hipotética não estava lá, na verdade, apenas compartilhava o momento comigo mesma, dividida ou projetada.

—

Uma vez, depois de uma longa noite bebendo e conversando, disse de supetão aos meninos: Ei! Eu sei de algo que a gente podia fazer! Em geral eles suspeitavam de meus planos porque era normal que envolvessem coisas perigosas ou pouco práticas; quando bêbada, não tinha muito discernimento sobre o que era aventura. Vamos nadar!, eu disse. Conheço o lugar certo. Atravessamos o estacionamento e escalamos a cerca e, como estávamos sem trajes de banho, tiramos as roupas e pulamos na piscina da torre do salva-vidas. Flutuamos e rimos e chutamos e esguichamos jatos d'água com as mãos cerradas. Debaixo d'água, eu olhava para o alto e avistava um caleidoscópio de árvores suspensas.

As fibras na corda da minha consciência passaram essa imagem adiante e continuam a fazer isso. Por quanto tempo vou conseguir manter essa memória? De cima, parecíamos pequenos. Daqui de baixo, havia algo que chamei de felicidade. O universo pode ter ficado indiferente, mas aqui embaixo tudo importava. Será que pensei nisso enquanto estava na piscina, ou será que me ocorreu depois? Logo eu estava gritando enquanto descia o tobogã, o plástico quente abrasivo em minhas pernas. Pulamos no estilo "bola de canhão" das torres de salva-vidas. Mais tarde, talvez porque estivéssemos fazendo estardalhaço, a polícia do campus apareceu e nos multou por invadir a piscina.

—

Preciso esclarecer a história dos batimentos cardíacos, então ligo para Jessica. Simplesmente teclo o número dela como se fosse a coisa mais natural do mundo: 215-8536. O corpo lembra.

Ela fica surpresa de saber que estou de volta à cidade. No momento seguinte, o filho dela de dois anos começa a chorar por causa de alguma injustiça. Já sei que tem um filho, mas ouvir a voz dessa nova mãe me deixa desconfortável. Ela tenta falar por cima da choradeira.

ELA: Espera. Você está me dizendo que sempre contou os batimentos por quinze segundos? Mas era para contar por doze segundos! Entendeu? Ele dividia nossos batimentos por dois e multiplicava por dez.

EU: Você está brincando. Mas quinze parecia um número mais redondo.

ELA: Mas é bem mais lógico contar por doze segundos. Tipo se você tem trinta e seis batimentos, ele dividia por dois e multiplicava por dez. Então metade de trinta e seis dá dezoito batimentos, o que dá cento e oitenta. Era assim que ele fazia!

Então depois desses anos eu descubro a verdade: meu coração não é especial.

—

Uns dias depois, Jessica me liga para ver se quero encontrá-la. Ela tem algo para me contar.

"O que é? Não dá pra contar agora? Você sabe que eu odeio surpresas."

Ela diz que vai me contar pessoalmente. Quando éramos meninas, ela fazia a mesma coisa. Adivinha só. Ah, deixa pra lá. Depois de nosso encontro, fico com a percepção estarrecedora de que, na verdade, as pessoas nunca mudam.

—

Relatório de atividades: Athena acha que é excepcionalmente boa em sofrimento, mas na verdade a única coisa que realmente faz bem é procrastinar. Nesse ritmo, jamais vai terminar a tese.

—

"Atletas precisam saber que sua vida tem data de validade. Ao se aposentar, serão julgados pelo que está além do pescoço."

—

Minha mãe me conta sobre a percepção que teve enquanto estava no banheiro. Ela não vai mais pensar que esse trabalho na área de construção é temporário. Pensa nesse trabalho como algo temporário faz vinte anos.

—

Quarta-feira, jantar no Zen Buffet. Nenhum de nós sabe o que está comemorando. O monte de comida é absurdo, algo deprimente. Sally está ali sentada chorando junto ao prato de macarrão com sushi. Acho que alguma armadilha interna se abriu dentro dela. Vinha sendo tão corajosa nos últimos meses, mas agora está compensando o atraso.

"Não me quiseram. Por que não me quiseram?"

Percebo que meu pai está se preparando para dizer algo de que vai se arrepender mais tarde. Por isso adota uma abordagem mais indireta:

"Hoje mamãe e eu dirigir porta em porta em San Marino para dar cartão de visita e perguntar se precisam nós trabalhe. Sabe o que eu diz como propaganda pra eles saber nós excelente? Quando eles abre porta, eu digo, minha caçula conseguiu entrevista em Yale esses dias! Minha mais velha tem doutorado em Nova York!"

"Ainda não", eu digo.

"Sally, eu tem uma ideia!", meu pai diz, ignorando-me. "Por que você não tira licença de corretora ou construção para poder ajudar eu e a mamãe. Aí a gente vira time e você pode vender casa e ficar com lucro..."

(Sally chora mais ainda.)

Ele me lança um olhar suplicante.

"O que você quer que eu diga?"

"Você é irmã mais velha. Ela aprende essas ideias com você. Mas você sabe realidade agora."

"Que ideias? Que realidade?"

"Que você ir faculdade para pensar. Não para aprender fazer coisas."

Minha mãe ficou em silêncio o jantar inteiro. Engole a comida com avidez e mastiga produzindo um barulho especialmente alto. Tem pedaços de verde grudados nas gengivas dela.

É daí que a gente vem. Todo o resto é um sonho.

—

Para fechar com chave de ouro, meu pai vai para casa dirigindo pelo trajeto "cênico" da California Boulevard, silenciosamente implorando para que olhemos para as casas bonitas. De vez em quando ele diz, "Aquele é meu cliente!".

Lembro como, quando chegamos aqui, saíamos de carro por aí como se estivéssemos em um zoológico de casas. Meus pais sempre tiveram esperança de que um dia íamos morar em uma delas, mas aqui estamos nós, vinte anos depois. Sem plano de aposentadoria, sem seguro, e duas filhas completamente americanizadas que não conseguem saber o que estão fazendo.

—

Durante a Reforma Protestante, a opinião comum sobre os esportes era de que se tratava de algo frívolo e moralmente corrupto. Na imaginação de Milton, os anjos caídos não têm nada melhor para fazer que organizar corridas enquanto esperam pela volta de Satã. Milton diz que é uma "triste escolha".

—

SALLY: rsrs hoje cedo procurei no google quando desistir

EU: o que você descobriu?

SALLY: quando desistir: quando o esforço empenhado não é
          proporcional aos ganhos futuros

—

Cole envia uma mensagem no gchat. Ela não sabe o que eu
quero dizer quando pergunto se penso como uma economista
ruim. Análise de custo-benefício, digo. Aquele tipo de pensamento sobre o que vale mais a pena. Será que essa atividade ou
esse relacionamento "valem a pena"? O que vou receber como
recompensa pelo que estou fazendo?

O fato de ela não ter ideia sobre o que estou falando me diz
tudo que preciso saber. Concluo mais uma vez que é a minha
amiga mais sábia. Conta que, quando sente vontade de fazer
alguma coisa, faz, o que dá muito prazer. Ela consegue extrair
muito da vida assim.

—

No Bahookas com Jessica. O que ela quer me contar é o seguinte: faz uns meses, a história toda veio à tona. Aparentemente o Treinador tinha uma longa história com suas "protégés".
Ele treinava meninas vulneráveis e carentes, fazendo lavagem
cerebral, para que pensassem que eram realmente grandes
atletas. Depois convencia os pais da menina de que o sucesso
da filha deles dependia de um relacionamento com ele. Por fim,
e essa era a parte mais diabólica, dava um jeito para que a garota
fosse com ele a algum campeonato de natação longe de casa e
forçava-a para que compartilhassem o mesmo quarto. Lembra a
Cheryl, uma turma depois da gente? E a Maura? Todas vítimas.
Bem, finalmente, encontrou uma menina para ficar com ele.
Acabou de casar com uma garota que, na verdade, é mais nova
que Sally. Tem uns dezenove anos. Esperou que ela terminasse
o ensino médio, e agora eles têm um bebê. Tecnicamente, tudo

dentro da lei. Ele parou de trabalhar como técnico no clube, é claro, embora Jessica não saiba onde ele trabalha agora.

Estamos bebendo margaritas doces demais enquanto ela me conta essa história. Meu drinque tem mais ou menos dez ingredientes que parecem xarope. Azul brilhante. Sinto enjoo.

"Então alguma vez chegou a acontecer alguma coisa com você..." Jessica pergunta timidamente, remexendo com um guarda-chuva de palito de dente na sua meleca neon. "Acho que fiquei surpresa de saber que você está escrevendo sua tese sobre esportes. Sempre achei que... fosse deixar pra trás."

"Ah, meu deus, não sei", digo. "Não me lembro de nada suspeito, você lembra? Apenas lembro que depois que ele assumiu como treinador melhorei muito meu tempo..."

—

Eu não queria desistir. Eu não queria parar...

—

Não sei o que é pior. Esse tempo todo em que passei acreditando que tinha algum talento, alguma aura de Atleta Chen à minha volta, algum sangue de vencedora, e que foi apenas por falta de cuidado que perdi. Mas agora sei que nunca tive aura nenhuma. Você não tem como perder uma coisa que nunca teve.

—

A sensação de que se não mexer as pernas e os braços rapidamente com eficiência você pode não sobreviver. Pegue um inseto. Ele vai continuar tentando fugir.

—

Estou jantando com meus pais e Sally, desta vez na praça de alimentação do 99 Ranch Market.

Conto a história toda a eles. E se eu não tivesse parado? Apesar de também ser provável que eu fosse apenas mais uma menina na equipe.

Não, não sei por que ele se esforçou tanto comigo. Não sei por que me dedicou toda aquela atenção extra. Mas nada estranho aconteceu com o Treinador, continuo enfatizando. Muitas de nós fomos treinadas por ele e nada de desagradável aconteceu. Não tínhamos a menor ideia.

A expressão deles é compreensiva; parece que acreditam em mim.

"Pervertido nojento devia morrer", meu pai diz. "Sally! Você treinou com ele?"

Sally balança a cabeça. "Parei de nadar quando cheguei a ouro, lembra?"

"A gente sempre ficou imaginando como de repente você ficou tão boa em esportes...", minha mãe diz.

"Mas como eu estava na época?", indagava. "Eu parecia confiante? Feliz? Como eu estava?"

"Você parecia durona", ela disse. "Couro duro. O corpo rígido como rocha. Eu não conseguia beliscar sua perna."

—

"Você nunca vai chegar a ser nada se desistir quando as coisas ficam difíceis", o Treinador havia dito.

Estávamos sentados em bancos opostos na sala da equipe. Durante a temporada toda tive mononucleose e uma tosse tão forte que minha professora de inglês me reservou um cantinho especialmente preparado para mim, o mais distante possível dela. Chorar não ia funcionar, por isso comecei a desenhar gráficos, rabiscando em meu caderno para que ele visse.

"Esses são os fatos, Treinador. Esses são os meus tempos. É disso que preciso para vencer. Não é possível." Argumentei. "Nunca vou chegar lá", concluí, chorando.

"É porque você pensa desse modo", ele disse. "Posso fazer de você uma vencedora, mas tem de estar disposta a se dedicar a tudo que for preciso."

E pensar que me libertei daquilo sozinha. Fiz tudo sem ajuda de ninguém.

Quando a meta é o infinito

Desistir ou não desistir.

Meus pais não sabem nada sobre desistir. Quando encho o saco para que se aposentem da construção civil apenas lançam aquele olhar aniquilador.

Em noites especialmente exaustivas, capotam cada um de seu lado da cama, as pernas jogadas para fora, torsos retorcidos em ângulo, como se tivessem dormido enquanto tentavam chegar na cama. Acordo para ir ao banheiro e vejo os dois assim — "cadaverificados".

Do meu ponto de vista, o que eles fazem parece completamente desgostoso. É difícil saber o que escolhem fazer em nome da sobrevivência e o que fazem em nome da realização pessoal.

De qualquer jeito, tudo que sei sobre trabalho aprendi com eles. Não sei se é uma lição valiosa.

—

O que me leva a pensar naquele momento em *Heróis sem amanhã*, um filme sobre o mundo secreto dos jogadores profissionais de futebol americano. Nick Nolte faz um quarterback que se debate com as injustiças diárias da existência de seus gladiadores. Regularmente são submetidos a misteriosas injeções de "vitamina", a inalações de sais de amônia, concussões, acordos a portas fechadas e a atos aleatórios de violência. Todo mundo é viciado em drogas. Na cena de abertura, Nolte acorda, pega um punhado de comprimidos, depois arranca um coágulo de sangue do nariz. Não é nada especial.

Penso no modo espontâneo como a namorada dele, Joanne, diz: "Por que você não desiste?". Nick Nolte a encara como se ela tivesse acabado de propor o maior dos absurdos. Desistir simplesmente está fora de questão.

—

Passei algumas horas assistindo a discursos de atletas no momento da aposentadoria. Esses discursos quase sempre são chorosos, emocionais, mas incrivelmente tediosos. "Àqueles que acreditaram que eu pudesse chegar lá, pelas circunstâncias em que ninguém acreditou em mim…" Os companheiros de equipe observam estáticos.

Se o atleta for homem, os parentes em geral também vão estar lá diante das câmeras, com roupas formais como se estivessem posando para um cartão de Natal. As esposas parecem perplexas. Graças a deus. Estava na hora. As crianças bem arrumadinhas se agitam impacientes. Os mais velhos ficam ligeiramente perturbados ao ver o pai chorar.

—

Aposentadoria forçada *versus* aposentadoria voluntária: aposentadorias voluntárias são sempre mais dignas, mas raras. A maior parte dos atletas não para enquanto está por cima.

A maior parte dos atletas para quando o corpo já não aguenta mais, ou quando ninguém mais os quer. As coletivas dão a impressão de um funeral, exceto pelo fato de o morto estar ali, fazendo a eulogia.

—

Minha vida pós-aposentadoria envolve a biblioteca pública. Envolve os garotos surdos que chegam toda manhã às 10h30. Deve ter uma escola de surdos aqui por perto. A chegada deles é pontual. Imediatamente depois de entrar, dispersam-se pelos cantos da biblioteca, tirando livros das prateleiras e fazendo um estardalhaço.

Às vezes a biblioteca cheira a urina. Às vezes gente inconcebivelmente velha aparece com tosses borbulhantes que soam como afogamento. Às vezes, antes de ir ao banheiro, junto minhas coisas e levo comigo. Outras vezes, deixo um monte de coisas que ninguém vai querer roubar espalhadas, como minhas anotações rabiscadas.

As pessoas que frequentam aqui precisam de coisas realmente básicas. Um banheiro, um computador, um lápis, um pedaço de papel, um lugar onde possam existir em silêncio. Elas se encolhem em um canto e fingem ler.

Agorinha mesmo um morador de rua aproximou-se e perguntou: "O que você está fazendo aqui?", em um tom curioso, incrédulo. "Trabalhando", respondi. Ele balançou a cabeça concordando. "Tá bom então, eu também!", ele disse e se afastou devagar.

—

Tento não pensar na biblioteca da universidade, que despendi tanta energia abominando. Aquela biblioteca limpa, bem iluminada a que eu tinha acesso sempre que queria. Onde as pessoas não se aproximavam para olhar para você ou tocar em seu cabelo ou perguntar sobre como chegar ao centro da cidade.

—

Comer, escrever, dormir, nadar. Para a maioria das pessoas, minha vocação apresenta todas as características de férias.

—

Sou salva de minha rotina um dia quando meu pai liga no meio da tarde. Já sei que a notícia vai ser desagradável. Quer que apanhe minha mãe. Ela está com uma dor nas costas muito intensa para fazer qualquer coisa. Ele quer que eu vá com ela ao médico. Ao mesmo tempo sinto-me hipócrita e sensibilizada. Está vendo o que acontece quando você não se cuida? Viu por que eu fico falando em aposentadoria?, vou repreendê-la com um sermão. Penso no que vai ser preciso para que ela fique bem, e quanto vai custar.

Quando chego ao canteiro de obra, minha mãe está sentada de pernas cruzadas no chão de um cômodo demolido, e arrasta quase sem força um carpete antigo. Nunca a tinha visto tão abatida.

—

O consultório desse quiroprático é como uma pequena câmara de tortura. Enquanto ficamos sentadas na sala de espera, ouvimos mulheres gritando e gemendo em meio à cacofonia de zumbidos elétricos e máquinas retinindo. Ao analisar a expressão da recepcionista é como se ela fosse comissária de bordo de um avião que passa por uma grave turbulência.

Quando minha mãe finalmente termina o tratamento, pergunto de onde era todo aquele ruído. O zumbido elétrico é uma máquina que emite pequenos choques nas costas, causando formigamento; o metal retinindo é a mesa do quiroprático sendo erguida e baixada durante o ajuste; quanto aos gritos e gemidos: bom, ela ainda não conheceu esse lado.

—

Mais tarde naquela noite, Sally me liga para dizer que precisa que eu faça uma lista de erros. Criou um novo projeto de fotografia chamado "Erros". Acho que me ligou porque acredita que sei muito sobre erros. Não me ofendo; fico feliz de ser útil. Estou feliz por estar retomando o trabalho. É o que todo mundo diz, que se deve agir o quanto antes. Senão o medo domina e você nunca mais vai conseguir fazer nada.

Depois de eu narrar alguns dos meus erros, Sally pergunta: "Então você acha que um vazamento de luz pode ser considerado um erro?", ela diz, se referindo a ampliações de fotos com falhas.

"Talvez", eu digo.

"Que tal fazer uma foto de alguém gritando com você? Tenho várias dessas..."

"Toda uma coleção de gente gritando com você podia ser interessante."

"Ah", ela diz.

"É como a minha obsessão por expressões faciais de atletas", digo. "Mostra um momento genuíno de sentimento."

Ouço minha irmã anotando a sugestão com o lápis áspero no papel grosso, marrom. Ela suspira. "Às vezes deparo com meu cabelo no ralo e penso como é um erro. Parecem porções mortas de cabelo. Geralmente fico com a impressão de que de algum modo falhei com meus cabelos."

Irrito-me: como ela pode se sentir culpada por perder cabelo?

"O estresse naturalmente acaba com as reservas de cálcio nos folículos", ela continua. "Eu devia lidar melhor com o meu estresse, comer melhor, dormir melhor..."

Quero pegar Sally pelos ombros e chacoalhar.

"Beleza... cabelos mortos no ralo... não são um erro", ela repete lentamente. "Ranger os dentes... não é um erro. Cair é um erro?"

"Não", digo ligeiramente desconfortável. "Cair não é um erro."

"Uma queda feia?"

"Não, nem uma queda feia."

"E um ovo frito mal posicionado? Sabe quando às vezes na frigideira o ovo fica parecendo obscenamente não redondo? Com a gema se espalhando para todo lado?"

"Ok, Sally, e que tal um pneu de bicicleta inflado? Ou panquecas que existem...?" Agora estou simplesmente falando essas coisas absurdas para ela.

—

Por acaso sei que Sally não anda dormindo. Fica acordada até tarde da noite para fazer as fotos dela, sozinha, na rua, às vezes andando em meio aos carros ou seguindo ao lado deles por drive-thrus de cintilantes restaurantes de fast-food para fotografar pessoas fazendo pedido de comida. Às vezes também pede alguma coisa e come o sanduíche caminhando por aí, fazendo fotos de andarilhos e drogados urinando em viadutos. Uma vez um cara baixou as calças e disse: "Faz uma foto disso!", e ela fez, e imediatamente ele disse: "Pera, espera aí, dá pra você apagar? Falando sério" — e esticou o braço tentando deletar a foto da câmera dela. Ela saiu correndo.

Às vezes, em situações esquisitas, ela finge não entender o que as pessoas estão falando. Finge que é uma turista japonesa com sua câmera gigantesca, que carrega por aí em um carrinho azul de lavanderia. Um dia desses, alguém vai abordá-la. Vai caminhar até um monte de lixo que alguém juntou convenientemente atrás de um arbusto, e vai descobrir que não é lixo.

Ela diz que a calçada crepita de leve ao nascer do sol, por causa do frio.

—

Levanto e faço chá para mim.

Estamos ambas ficando mais velhas, lentamente. Estou triste por não saber se ela queria apenas uma lista de imagens agradáveis, ou se queria algo a mais.

—

Lá vai o sabiá das seis da manhã. É a deixa para os caminhões de lixo. Que são a deixa para o bando de papagaios selvagens. A vida segue em frente.

—

Não consigo permanecer sentada por muito tempo com sentimentos de incerteza. O genuíno senso de "propósito" é algo que dificilmente aparece, como um ingrediente raro que se leva anos para farejar. Um sentimento forçado de propósito, por outro lado, é barato e rápido e pode servir se necessário. Isso é possível com café e estimulantes, e mais tarde, se eu precisar ter sono, posso tomar apenas mais uns comprimidos.

—

É verdade que aprendi a controlar meu corpo como uma máquina, mas sei lá o que estou fazendo com essa máquina.

—

Faço um cartaz para colocar em meu quarto. VOCÊ JÁ CHEGOU ATÉ AQUI NÃO PODE DESISTIR AGORA. Sabendo que terminar minha tese é apenas uma meta que serve como meio para chegar a outra meta que serve como meio para chegar a outra meta. Na realidade, a corrida termina somente quando eu morrer. Se realmente formos colocar em termos de maratona, ainda não passei do quilômetro nove ou dez.

—

O que é uma meta?

Em países de língua espanhola, o gol, a "meta" do jogo de futebol é chamada de *arco*, e o goleiro é um *arquero*, porque o futebol originalmente era jogado nos corredores dos monastérios, onde os arcos funcionavam como gols. Mais tarde, foram instaladas traves de madeira, e os gols eram literalmente "anotados" nas traves.

As traves de um gol podem ser colocadas mais próximas ou mais distantes uma da outra para tornar o objetivo mais difícil ou mais fácil. Em inglês, "mexer nas traves" é uma expressão que significa trapacear. Um gol de hóquei tem um metro e oitenta de largura e um metro e vinte de altura. No rúgbi, as traves são colocadas a cinco metros e sessenta de distância uma da outra, e a trave horizontal fica a três metros do solo. No beisebol, a meta é fazer um "*run*", uma corrida. O mesmo vale para o críquete. No arco e flecha, existe um "alvo". No basquete, a "cesta". No golfe, o "buraco". Na luta livre, a "posição superior". No tênis, o "ponto".

Na governança corporativa, uma meta é um fim, um objeto, um esforço, um objeto físico, um objeto abstrato, um propósito, um objetivo, um número, uma missão, um alvo, um resultado, uma intenção.

Metas apenas são relevantes se conseguem estabelecer uma distância adequada entre a habilidade e o desejo, incentivando uma motivação intrínseca. Observe que uma meta não é o mesmo que um desejo. A maioria das crianças não tem uma meta ao começar certa tarefa.

—

Caminho até a farmácia apenas para comprar umas coisas. Tenho a impressão de que uma transação econômica é uma meta do tamanho exato, não é excessivamente grande. Ando para lá e para cá nos corredores, à procura de algo para precisar. Solução para lentes de contato, loção, uma vela perfumada, docinhos.

—

Andar até lá e voltar leva quarenta minutos. O problema das metas é que, quando você atinge uma delas, ela desaparece e reaparece em algum outro lugar, mais distante. E lá vai você mais uma vez.

—

Sugar Ray Leonard disse certa vez: "Não tinha nada que pudesse me satisfazer fora do ringue. Não há nada na vida que se compare a ser campeão do mundo, ter a mão erguida naquele momento de glória". O que significa que mesmo depois de atingir a sua meta, a meta final, você continua não tendo como se agarrar a ela por muito tempo.

—

O que me lembra do filme de Louis Malle *Le Feu Follet* (*Trinta anos esta noite*). Malle realizou a película em um ponto de inflexão de sua carreira, depois do suicídio de um amigo. O filme segue a trajetória de um rapaz, Alain Leroy, alcoólatra em recuperação que está definhando em uma clínica para dependentes. O desejo (não a meta) dele é simplesmente passar o tempo ali. Mas o médico está convencido de que Alain está curado e tenta impulsioná-lo de volta para o mundo.

MÉDICO: Você ainda tem sensações de ansiedade?

ALAIN: Eu não tenho "sensações" de ansiedade, doutor. Eu tenho uma ansiedade, singular, eterna.

Essa resposta irrita o médico. Ele acredita que Alain sofra não de ansiedade, mas de falta de determinação.

MÉDICO: É uma questão de força de vontade...

ALAIN: Contradição! Como você pode falar de minha força de vontade? É aí que reside minha doença. É isso que você está tratando.

MÉDICO: Você não foi sempre assim.

ALAIN: Como assim?

MÉDICO: Você esteve no exército. Você foi para a guerra. Como oficial.

Tanto o médico quanto o melhor amigo de Alain, Dubourg, acreditam que a letargia é causada por falta de vontade. Eles chamam Alain de "medíocre" e depois de "covarde". Para esses otimistas crentes em metas, obstáculos menores são como problemas temporários a serem resolvidos à medida que você viaja de um ponto a outro. Para o pessimista sem metas, no entanto, o que existe é apenas terreno. Para onde devo andar? Quando um otimista crente em metas não age, pode muito bem ser que seja um covarde. No entanto, quando um pessimista sem metas não age, está simplesmente fazendo uma escolha racional.

Por exemplo, quando o médico diz a Alain que a vida é boa, ele responde: "Boa para quê?". O médico não consegue responder a essa pergunta simples.

—

No *Purgatório* de Dante, a punição para pessoas que não perseguem objetivos na vida é passar a eternidade correndo atrás de uma bandeira em branco. A visão de justiça poética de Dante não é necessariamente paradoxal. O desespero de correr atrás de uma bandeira que não há como alcançar é mais ou menos o mesmo de correr atrás de bandeira nenhuma. Emile Durkheim escreve em *O suicídio*: "Todo o prazer do homem está na ação, no movimento, e se empenhar implica que os esforços não sejam vãos e que a caminhada traga avanços. No entanto, não há avanço quando se anda sem que haja uma meta ou — o que é o mesmo — quando a meta é o infinito".

Goleiros. Os "guardiães femininos do portal". São notados apenas quando as coisas vão mal. Bodes expiatórios para as falhas do time e para os pecados do país. Moacir Barbosa era um dos melhores goleiros do mundo quando foi convocado para jogar pelo Brasil na Copa do Mundo de 1950. O Brasil, que jogava em casa e era o grande favorito para vencer, perdeu a final para o rival Uruguai. É uma derrota profunda que os brasileiros continuam a sentir, até hoje.

Depois da derrota, Barbosa se tornou um vilão nacional. Muitos acreditavam que fosse amaldiçoado e foi proibido de assistir aos jogos no Maracanã. O famoso lamento de Barbosa dizia que a pena máxima para crimes era de trinta anos de cadeia, mas ele foi punido por mais de cinquenta. Barbosa morreu com o coração partido. De infarto.

—

A única meta de Barbosa era evitar que os outros atingissem as suas metas, e nisso ele falhou. Esse exemplo pode ser usado como um argumento convincente para "não colocar todas as suas metas em um único cesto".

—

Mas suponho que, caso não ter nenhuma meta seja tão doloroso quanto ter metas demais, eu deva optar por ter metas demais em vez de não ter nenhuma. A dor, embora emane de fontes diferentes, será semelhante, como a diferença entre congelar e queimar.

—

....
.... socorro! ....
.... (Afogando em metas) ....
....

—

Jack concordou em ler o esboço de minha tese. Conversa comigo por Skype de um café barulhento. Em uma fração de segundo, o tempo para nossas telas se conectarem, vejo que ele está olhando para o esboço, a cadeira afastada da mesa. Parece que acabou de comer um filé grande e está sentindo uma leve aversão. Fico nervosa. "Oi!", aceno para a tela, minha voz em uma confusão digital. Um som metálico horroroso se origina do lado dele. "Ah, meu deus, desculpe...", ele murmura. Inclinamo-nos em direção à tela e começamos a falar alto. Jack afirma: "Como disse, não sou o leitor ideal, mas a lógica me parece tentacular, na melhor das hipóteses".

—

Quer dizer, sei lá. Minha tese se comporta como estrelas-do-mar, que, quando estão doentes, simplesmente se livram de seus tentáculos.

—

Pensemos no que separa os animais dos seres humanos. Um animal, criatura ou "desejador", de acordo com o filósofo Harry Frankfurt, age apenas para satisfazer seus desejos de primeira ordem. Uma criatura é capaz de pensar racionalmente sobre como conseguir o que quer, mas um humano é capaz de ter vontades de segunda ordem, ou a capacidade de querer ou não querer aquilo que quer querer. Com isso vem, como em uma avalanche de nuances, o condicional: poderia, faria, deveria. Também é por isso que somos a única espécie com senso desenvolvido de culpa e vergonha. As únicas criaturas no planeta capazes de corar.

—

Minha mãe decide não continuar com a quiropraxia porque, depois de algumas sessões, as costas continuam a doer. Acho que ela pensa que o esforço atual (cento e vinte dólares por sessão) não é proporcional aos ganhos futuros (alívio da dor).

Voltou a trabalhar, tomando comprimidos vermelhos de ibuprofeno genérico como se fossem docinhos. Meu pai simplesmente aceita esse tipo de coisa como parte do trabalho. A falta de preocupação dele com o problema das costas dela me enfurece. "Você está deixando!", eu grito. "Pare de deixar que ela destrua o próprio corpo!"

Eles parecem me achar ofensivamente ingênua por continuar falando isso. Então subitamente me ocorre que talvez meu pai não se importe com a dor nas costas de minha mãe por estar sentindo uma dor pior.

—

O filósofo estoico Sêneca acreditava que nós sentiríamos menos raiva se reduzíssemos nossas expectativas e exigíssemos menos da vida. A raiva, segundo ele, era causada pela decepção que ocorre quando a realidade não se conforma às expectativas. Dos discípulos dele, apenas os ricos tinham chiliques ao derrubar um copo de vinho. Os sábios, por outro lado, compreendiam que a fortuna era volúvel e nada prometia. "Nenhuma promessa foi feita, nem mesmo para esta hora", Sêneca certa vez disse a uma mãe enlutada pela perda do filho. "Pare de fingir que a morte é uma anomalia estranha e que não vai acontecer a nenhum de nós." (Estou parafraseando, mas a ideia geral é essa.)

—

Um ditado estoico favorito: "Nada há que a Fortuna não ouse". (O equivalente filosófico de "Eu te disse".)

—

Há um número surpreendente de blogs dedicados a práticas estoicas. Muitos deles são apenas longos verbetes em que o autor tenta imaginar o pior cenário possível. Alguém vai fazer uma caminhada casual e sai da trilha e tropeça na raiz de uma árvore e cai em um barranco e quebra uma perna e ah, não, lá vem um urso! Como você se sentiria?

—

Como alguém pode prever a sensação de estar exausto?

—

Diana Nyad está tentando outra travessia a nado de Cuba para a Flórida. Levo o laptop ao banheiro para mostrar a notícia à minha mãe, mas de repente sinto-me culpada: ela está sentada em sua banqueta de bambu, massageando e dando pancadas com o punho na lombar. É como se estivesse tentando se curar. O que eu estou fazendo, tão empolgada com o heroísmo físico dessa nadadora quando há problemas tão urgentes bem à minha frente?

Minha mãe, era essa a nadadora de que estava falando, certo? A que você viu na tevê nos anos 70? Seguro o laptop na frente dela e rolo a barra enquanto ela continua a dar pancadas nas costas. Ambas concordamos que a história dela é incrível. "Resistência não é pra gente jovem", Nyad diz em uma entrevista. "Achei que eu podia estar melhor aos sessenta do que aos trinta. O corpo tem quase a mesma força, mas a cabeça é muito melhor."

Ela já está nadando. Lemos os tuítes que a equipe dela está postando. Eles postaram alguns vídeos de Nyad treinando no Complexo Aquático Rose Bowl, a mesma piscina onde treinei. As braçadas dela são potentes e metódicas. O corpo dela corta a água confiante. Lembra o casco de um navio. Minha mãe dá um soco no ar. "Supermulher!" Ela torce. "Talvez um dia eu faça como ela."

—

Quando Diana Nyad nada, ela canta mentalmente "When You Wish Upon a Star" o tempo todo. Sabe quantas vezes tem de cantar a música para que transcorra uma hora, sabe a velocidade de suas braçadas.

Às três ou quatro da manhã: "Achei que eu tinha visto o Taj Mahal", ela lembra. "Eu disse, eu não posso trapacear. Não posso ir para a terra. Meus mergulhadores que estavam ali para avisar do risco de tubarões disseram: Não há Taj Mahal nenhum. Eu disse: Não, o Taj Mahal está ali. Eles disseram: Tudo bem, continue a nadar."

—

Jessica acabou de me ligar me convidando para ir para a praia com a família dela. "A família dela." Ela não está falando dos pais. Está falando do marido e do filho. Digo que vou ter de verificar como está indo o "meu trabalho".

—

Mas eu gosto da praia. Acho que vou.

—

Vasculhando na gaveta de toalhas, uma coisa faz meu coração dar um salto. Uma toalha de praia azul-celeste com listras amarelas e as iniciais "P.L." marcadas na borda.

—

AQUI JAZ UMA PESSOA DESCUIDADA ELA ESMAGAVA COISAS E CRIATURAS E DEPOIS SE RETIRAVA PARA SEU IMENSO

DESCUIDO OU SEJA LÁ O QUE FOR QUE A MANTINHA INDO EM FRENTE E DEIXAVA QUE OUTRAS PESSOAS LIMPASSEM A BAGUNÇA QUE TINHA FEITO.

—

Vamos encontrar uma caixa e guardar tudo, a psicóloga da escola, que atendia gratuitamente, costumava dizer depois de cada sessão de lamentos. Onde devíamos esconder a caixa? Ela fazia a mímica do contorno de um recipiente do tamanho de uma urna, colocava os medos lá dentro e rosqueava a tampa para fechar. Vamos colocar aqui na prateleira, ela dizia, colocando os medos ao lado de uma fileira de livros. A psicóloga deve ter presumido que era uma caixa pesada, utilizada como apoio para os livros não caírem.

—

Diana Nyad abortou sua travessia.

—

Por que eu estava desfazendo as malas.

—

18/6/2007 *"Todo movimento é altruísta", Paul disse. "O amor exige energia. Eu não tenho mais energia."*

—

A verdade vaza lentamente, gota a gota, e vai se acumulando em uma poça subterrânea. Vejo meu rosto de relance nessa poça. Talvez Paul tenha espelhado para mim o que eu fiz com ele. Você desiste de mim e agora vou desistir de você.

—

Por favor, Paul, era para nós estarmos juntos neste jogo.

—

O filho e o marido da Jessica estão brincando na praia, construindo um castelo de areia. Parecem tão joviais: como irmãos brincando juntos. Sento com ela debaixo do guarda-sol enquanto a sombra segue se arrastando mais para longe.

"É estranho não ser mais tão bom em alguma coisa?"

Recuo diante da inadequação de meu próprio comentário. Mas ela está sorrindo, não se ofendeu. As palavras são entendidas como deviam, como expressão da estima que eu sentia pelo modo como ela era.

"Ainda estou de luto. Meus pais também."

"Sua mãe falava um monte das Olimpíadas."

"Não penso muito nisso hoje em dia. Não tenho tempo. Tenho esse outro ser humano para criar agora. O que significa que tenho o que fazer pelos próximos, ah, vinte anos."

"Eu não consigo nem pensar além do mês que vem."

"É bom ter uma ideia do que vai acontecer no longo prazo. Você pensa em ter filhos?"

"Não. Mal consigo sair com alguém."

"Por quê? Saindo de um relacionamento ruim?"

Esfrego os olhos por baixo dos óculos de sol. O marido e o filho dela vêm em direção ao guarda-sol com sede e excesso de sol. Peço licença e vou correr na praia. Quando volto já guardaram tudo e estão prontos para ir.

—

Quem disse que não consigo sair com alguém? É fácil fazer um perfil, fácil mandar rostos com piscadinhas para homens que não parecem assassinos, fácil ficar diante de um homem e sorrir enquanto penso se tem salada no meu dente. É fácil andar de braços dados pelo calçadão com um pouquinho de álcool no hálito. Isso não vai fazer mal a ninguém, reflito.

—

26/6/2007 *P não consegue ver nada de um jeito positivo. Eu disse por que você não volta pra faculdade? E ele disse que a ideia de botar as coisas em caixas parecia demais.*

1/1/2007 *"Sinto como se estivesse decepcionando você o tempo todo." Por ele, eu disse que ele estava bem e que tudo estava bem, mas eu estava mentindo.*

—

A pessoa precisa *se comprometer* com o suicídio.

—

Este cinema na minha cabeça passa só um filme. O filme não é longo, só dura algumas cenas entre uma menina e um menino, depois uma cena curta com a menina solitária. Neste cinema 24 horas os empregados são vigilantes. Mesmo quando não tem ninguém para assistir, eles seguem projetando o rolo. A caverna pouco iluminada emite um zunido. Não é um consumo grande de energia manter este lugar funcionando? Sou a única espectadora aqui.

—

Cena Um: O menino e a menina estão sentados nos degraus do apartamento dividindo um cigarro. A menina está contando algo desagradável para o menino. Ela não quer mais ficar com ele. O garoto pisca para conter as lágrimas.

Se ela sabia o tempo todo que não queria estar com ele, por que se insinuou? Ele ofereceu um lugar para ela ficar porque os dois eram amigos faz tempo. Um simples ato de generosidade. Ele não pediu intimidade. Por que ela o enredou nas esperanças e desejos dela?

"Isso é a pior coisa que você podia fazer comigo neste momento." Ele repete várias vezes. Mais tarde, ela vai se lembrar dessa fala *ipsis litteris*.

A menina: Ela decidiu que é só uma menina. Não tinha como prever o que ia acontecer depois. As necessidades eram tão simples. Ela queria morar num lugar novo. O menino tinha um apartamento com um quarto grande em numa cidade universitária tranquila onde moraram juntos em uma república. O quarto era barato. Era o caminho de menor resistência. Ela jamais pensou que aquilo fosse virar outra coisa.

Ficou chocada quando se mudou. O menino tinha se transformado em uma mancha cinza-rosada. Estava na pós-graduação, mas não fazia nada. Desde a morte da mãe — uma longa, inconcebível batalha contra um câncer de pulmão — ele desistiu de tudo, de todo esforço. Ele percebeu que, mesmo seguindo as regras, não havia recompensa. Portanto, recusava-se a jogar. Em vez disso, vivia dos cheques que deviam ser indenização pela morte da mãe. Acordava de tarde, lia um pouco, caminhava até o McDonald's, ia para casa, tomava os remédios, fumava maconha, jogava videogames. O tempo passava.

—

Quando os dois ficaram pela primeira vez, foi como beijar uma irmã. O corpo dele se rebelou. Ela segurou o pau mole dele nas mãos como um cacho de cabelo.

Sexo era algo que ele tinha esquecido ser necessário, até fazer novamente. Era como exercício. Era como ficar em forma. Eles começaram a ir à praia. Ele se bronzeou. As ondas iam e vinham e iam e vinham.

Em razão de seu senso de dignidade, decidiu parar de beber e de ingerir tantos comprimidos. Ela ficou feliz por ele tomar essa decisão sem que fosse preciso pedir.

No entanto, depois que parou de tomar os remédios, os velhos sentimentos voltaram. Começava na boca do estômago. Era uma sensação de agitação, um retorcer que tomava conta das cordas vocais e repuxava. Ele tamborilava com os pés, sacudia as pernas, mexia nas orelhas. Acordava à noite pingando de suor, depois de ter chutado os lençóis fora da cama.

—

Mesmo assim, o menino achava que ela era uma boa influência. Ele limpava o banheiro, fazia a barba com mais frequência, fazia flexões no quarto. Duas ou três vezes por semana passavam a noite juntos como se fossem casados, cozinhando, tomando vinho, dormindo com o laptop entre eles.

Ela ficava na porta com um copo de água na mão, olhando para ele como se esperando o final de uma piada. Mas, como ele não sabia o que tinha começado, não podia contar o final da piada.

—

Ele esperava, ouvindo. Chaves sacudindo, um suspiro. Por fim, desistiu e fechou a porta do quarto dela. Ele preparou uma tigela e fechou a cortina e sentou na sua poltrona e ficou lá. Dias depois a menina chegou à casa, que tinha um misterioso cheiro de limpeza e estava brilhando. Ela passou a mão pelos cabelos do menino quando o viu. Eles conversaram à mesa da cozinha. Ela disse que foi acampar. Ele não perguntou com quem.

—

No fim do verão, com o mês acabando, a menina disse que não ia continuar alugando o quarto. Eles estavam sentados nos degraus da frente, dividindo um cigarro depois do outro. Ela planejava voltar para Nova York. Ela não tinha conseguido avançar tanto no trabalho quanto esperava e achava que seria melhor voltar para onde tinha mentores e colegas a incentivando a ir adiante. Ia ser bom para ela, ela insistiu. Disse que o menino podia visitá-la quando quisesse. Eles estavam tremendo, estava muito frio. As folhas farfalhavam ao vento.

Como ela podia ser tão sacana e tão burra, o menino disse enquanto apagava o último cigarro e levantava para entrar.

—

Por um tempo, a menina não conseguiu sentir compaixão por ele. Ela é que tinha sido a presa involuntária, acusada pelo autor da arapuca de causar seus ferimentos enquanto tentava caçá-la. Ele não havia dito, tantas e tantas vezes, sem compromisso? Não disse que não queria nada sério? Ela ouviu que não devia esperar nada, e obedeceu. Agora estava sendo punida por isso.

—

Depois da briga, o menino manteve a porta do quarto dele fechada. Ele se recusou a tentar uma reconciliação. Bom, a raiva exige determinação, a menina pensou. Talvez isso seja bom para ele. Talvez isso seja como uma febre, queimando aquilo que causa a doença dele. E assim ela respondeu ao silêncio dele com silêncio. Se encontrando no hall, eles eram como pessoas no transporte público, olhos baixos, ombros na parede, abrindo caminho para que o outro passasse.

—

No último fim de semana dela no apartamento, ela e os novos amigos decidiram ir para a praia. A menina tinha voltado ao apartamento para pegar umas poucas coisas — uma toalha, uns cobertores. Ela ficou surpresa ao ver que o menino não estava lá. E sentiu uma satisfação presunçosa. Ela sabia que uma hora ele ia sair daquela. Sabia que no fundo ele era um sobrevivente. Ela imaginou que ele estava saindo com outra pessoa, se divertindo.

Ela se olhou no espelho no hall, pensando em algo. Tinha bebido a noite toda. Bateu à porta do quarto do menino, depois abriu gentilmente. Andou na ponta dos pés até a gaveta da mesa dele e pegou um punhado de comprimidos.

Quando ela abriu a mão para mostrar para os amigos no carro, eles gritaram de felicidade. "Não tem o menor problema", ela ficava dizendo. "Ele recebe mais o tempo todo." Eles passaram a noite na praia, viajando com comprimidos e cogumelos. Sonolentos, extáticos, pularam as ondas e saudaram a lua, que enviou um facho de luz sobre a água.

—

Depois que fui embora, Paul se mudou para o centro de reabilitação em Big Sur. Louis e eu fomos visitá-lo depois que estava estabelecido. Ele estava em um programa de trabalho e estudo. Fazia o trabalho básico de jardinagem em troca de teto e comida. Notoriamente, era um bom lugar para desacelerar.

Paul e eu fingimos que nada tinha acontecido. Foi fácil fingir. Tiramos nossas roupas e encharcamos nossos corpos em banheiras com água sulfurosa quente. Debaixo de nós, o abismo, depois o oceano escuro.

Não tinha nada para fazer lá. De modo dissimulado desprezei Paul por aquilo em que ele tinha se transformado.

—

Não sei o que significa o fato de que Paul estava voltando para o centro de reabilitação quando decidiu.

—

Às vezes imagino que estou no quarto vizinho ao dele, só uma fina parede separando o saber do não saber. Imagino a tevê de Paul do outro lado, nossos quartos talvez em uma configuração espelhada. A noite toda, ouço o murmúrio da tevê, o resmungo da água passando pelos canos, o barulho do vaso sanitário dando descarga e enchendo. Imagino dormir a três metros de Paul enquanto ele morre.

—

Mas suponho que desfechos impeçam interpretações posteriores.

—

Quartos de hotel não contêm memórias; a mobília não lembra nada em particular. Quando arrombaram a porta, viram Paul dormindo, o rosto virado para o outro lado, uma perna caindo da cama. Os comprimidos ainda ali, e eles queriam pensar que tinha sido apenas um acidente, mas havia um bilhete, escrito em várias folhas de papel pautado. É de pensar onde e quando escreveu aquilo: na cômoda? Na mesinha de cabeceira? Ou escreveu meses antes, quando guardou os comprimidos? Ou anos antes, quando se isolou para tornar a partida mais fácil?

—

Esse podcast que estou ouvindo é sobre uma doença chamada déjà vécu. Leva os pacientes a sentir como se tudo já tivesse acontecido. A pessoa pode assistir a filmes inéditos, novos programas, até jogos ao vivo e continua com a impressão de já ter visto. O mundo não desperta espanto nem curiosidade. Os pacientes ficam extremamente deprimidos e caem em um estado de catatonia. Aparentemente não há tortura maior que saber como a história acaba.

—

Sally aparece para o jantar de quarta, mas ao se levantar para ir embora começo a chorar novamente. "Qual é seu problema?" Ela está me provocando, mas começa a lacrimejar também porque estou chorando. Em resposta à risada e ao choro dela começo a rir um pouco também, não consigo evitar. Então nós duas estamos rindo e chorando incontrolavelmente enquanto minha mãe e meu pai olham estarrecidos.

—

Três espinhas gigantescas em meu queixo. Estou estressada? Não, não estou nem um pouco estressada.

—

Menstruação não veio. Imaculada conceição?

—

O que você vai fazer hoje, sua preguiçosa? Está doente?

—

Encontro alguém do ensino médio na farmácia: sinal de que não dá mais para sair de casa.

—

A melhor parte do tempo passar: outra oportunidade para checar o Facebook.

A pior parte do tempo passar: outra oportunidade para checar o Facebook.

—

Consequências comuns para atletas depois da aposentadoria:
Depressão
Bulimia
Pânico
Cirurgias infinitas
Colapso nervoso
Alcoolismo
Promiscuidade

—

Será que Mike Tyson algum dia vai ser feliz? Ele acha que vai morrer sozinho. No entanto, ia querer que fosse assim, porque foi um solitário a vida toda, com seus segredos e sua dor. Ele está realmente perdido, mas tentando se encontrar.

Mike Tyson continua criando pombos. Adora seus pombos. São criados para voar realmente alto e depois mergulhar em direção ao chão. Às vezes não arremetem a tempo.

"Vi muito pombo colidir", ele diz. "Vi muita morte em campo."

■

Chega um e-mail. Parece que recebi uma bolsa para ir a Rodes, na Grécia. Três meses. Hospedagem e alimentação pagas. Campeões olímpicos. Tinha esquecido que me candidatei.

—

Bom, acho que vou ter de continuar a ir em frente.

No treino de natação com Sally. Leo decide que quer disputar um jogo. Temos de nos dividir em times, depois ficar na piscina e dizer um número. A pessoa que disser o número mais próximo do que ele está pensando precisa fazer um pequeno desafio. Digo a mim mesma que se for escolhida vou entrar na brincadeira. Um sprint de cinquenta metros, de cem metros. Não tem nada que eu não consiga fazer. Quando chega minha vez de dizer um número, Leo faz blemblemblem! O desafio é completar uma piscina sem respirar. Forçar os pulmões.

Nem me preparo muito. Dou impulso na parede sem hesitar e aí estou olhando para a faixa preta. Estou indo e indo e indo, mas como não estou pensando, assim do nada, levanto a cabeça. Esse pavor não está acontecendo em meu corpo. Não toquei na parede. Quando olho para trás, meus companheiros de equipe estão resmungando. Uns poucos desviam o olhar e começam a mexer nos pés de pato para o próximo exercício.

Nado até a parede oposta e fico ali por um tempo, minhas axilas na calha, meus dedos entorpecendo. Depois, quando sei que ninguém está olhando, respiro e nado duas vezes a piscina debaixo d'água.

—

Depois do treino, Leo vem e me chama de lado. "Desculpe por tê-la constrangido naquela hora", ele diz.

"Ah, tudo bem", digo. "Era só um jogo. Não ligo." E aí dou um sorriso.

Para você eu arremesso

"Qual é o seu trabalho verdadeiro?" É isso que os alunos de ensino médio na ONG de reforço escolar da Sally me perguntam. Acabo de começar a dar aulas lá. A carga horária não é ruim. Posso escrever durante o dia e à tarde vir para cá.

"Meu trabalho de verdade? Este é o meu trabalho de verdade." Eles me encaram com olhos arregalados, ansiosos. "Eu gosto daqui. Gosto de dar aula para vocês." Eles riem. "Nada... Você não tem de dizer isso, moça."

Mas realmente amo dar aulas para vocês. Quando a aula termina, por meia hora eu simplesmente existo. Não tenho um passado. Paro na esquina quando está vermelho e ando quando está verde. Não existe dificuldade. Enquanto dirijo para casa, vou me lembrando lentamente do dia, do tempo, do ano e do lugar, me conectando comigo mesma. Quando chego à nossa casa, já estou completamente orientada outra vez. É aí que a autopiedade surge e me inunda novamente.

—

Uma das minhas colegas de trabalho no centro de reforço escolar tem dezoito anos. É caloura na UCLA e trabalha meio expediente dando aulas, como eu. Depois de ficar sabendo que sou graduada, tenho mestrado e estou quase terminando o doutorado, ela pergunta, confusa: "Por que você está dando aula aqui?". Me encontrar colocou o futuro dela todo em risco. Acho que a preocupação que sente por mim tem muito mais a ver com uma preocupação consigo mesma. Agora ela não consegue me ver sem oferecer algo: um pedaço de chocolate, um lenço para meu nariz que escorre, uma caneta de graça.

—

Continuo escrevendo minha tese, ainda que lentamente. Queria acreditar que estou ficando melhor nisso, ainda que pareça não haver remédio. Acho que desta vez estou realmente quase lá, mas também sei que venho me dizendo que estou "quase lá" faz dois anos. Não é uma avaliação precisa. Mas é a única forma de engano com que posso contar.

—

Hoje, puxando na memória quem são os atletas mais solitários — goleiros, biatletas, corredores de trenós puxados por cachorros — de repente pensei em Sísifo. Não seria Sísifo o atleta mais solitário? Camus, que foi jogador de futebol, descreve Sísifo com a precisão de um repórter esportivo:

> O que se vê é meramente todo o esforço de um corpo se retesando para erguer uma pedra enorme, rolá-la e empurrá--la aclive acima uma centena de vezes; vê-se o rosto perturbado, o rosto apertado contra a rocha, o ombro apoiando a massa coberta de barro, o pé calçando a segurança absolutamente humana de duas mãos cobertas de torrões de terra.

A imagem me lembra de jogadores de futebol americano se enfrentando, torrões de terra recém-arrancados do chão pelo impacto. Se Sísifo fosse atleta, teria sido o melhor: o número um do universo em rolagem de pedras. Talvez naquele momento fugaz depois de chegar ao topo, o rosto pingando de suor, ele pense não na sua situação de condenado, mas no que fosse fazer para aperfeiçoar sua técnica na próxima vez. Talvez ele se desafie a ir mais rápido, com menos dificuldade. Pensa em cada movimento, cada posição das mãos, cada investida aclive acima, até o ato se tornar instintivo e belo de se ver.

"É este retorno, esta pausa, que me interessa", Camus escreve.

Agora ela me interessa também.

—

Jogando Words With Friends:

"Não tenho chance, desisto!"

Jack marcou setenta e um pontos com a palavra "herpes" e cento e dois pontos com a palavra "zetas". Eu tenho apenas uma palavra, "jarra", vinte quatro pontos.

"Você ainda pode ganhar!"

Quando ele diz: "Você ainda pode ganhar!", eu acredito e continuo jogando, embora acabe perdendo. É um jogo divertido.

—

Essas belas frases casuais nas redações dos meninos: "Eu já não pensava mais sobre a ação dos pássaros, porque os humanos também estavam fugindo de suas famílias com um farfalhar de asas".

—

Os treinadores japoneses do corredor queniano estavam preocupados com ele. Circulou a notícia de que ele agora apenas falava por aforismos.

O entregador de tofu contou que, ao começar uma conversa casual sobre o aumento do preço da gasolina, o corredor disse: "No estado natural, as pessoas são animais de rapina. A natureza não tem simpatia pela igualdade".

O dono da loja de conveniência disse que no dia anterior, depois que o corredor comprou o lanchinho de sempre ao terminar o treino, ele mencionou, à toa: "No campo é apenas o corpo que sofre — na cidade é a mente. O lavrador não tem tempo de ser melancólico", ele disse. "Voltaire."

No bar embaixo de seu apartamento, ouviram o corredor dizer a uma moça atraente: "Suicídio e insanidade, 1893. 'Onde a civilização é mais desenvolvida, a luta pela vida é mais feroz e encontramos o maior número de colapsos nervosos'".

Eles não conseguiam decidir se esse modo esquisito de falar era um déficit no aprendizado da língua ou apenas uma idiossincrasia da personalidade dele. Eles não o conheciam muito bem. Havia dezenas de outros recrutas quenianos naquela temporada.

Os companheiros de quarto do corredor garantiam que ele sempre passava as noites no dormitório. Ele escrevia longas cartas para a família no Quênia.

No Japão — ele escreveu em uma dessas longas cartas — todo mundo é tão pequeno. Já percebeu como em lugares lotados de gente as pessoas tendem a ser menores? Os apartamentos são pequenos e as pessoas também. Conhece aquele ditado sobre um sapo em um lago? Aqui, sinto que minhas extremidades são um incômodo — os cotovelos esbarram em paredes que estão mais próximas do que deviam. Meu quarto não tem chão, só uma cama e uma mesa e o espacinho debaixo da mesa. Não que o país seja pobre. Não tem espaço para expansão nessa ilha, entende. Acho que o tamanho deve ser proporcional à densidade. Será que estamos diminuindo a cada ano?

Irmão, você diz que corre 2:06 e que está melhorando. Se esforce mais. Seu mundo não vai ser o mesmo que o meu. A competição é intensa, e os prêmios são mais difíceis. Nasceu hoje a pessoa número sete bilhões no planeta e só tem três empregos! Li isso em uma piada de jornal. Os corredores quenianos já estão desestimulados com a maratona de Utrecht, em que só holandeses concorrem ao prêmio de dez mil euros. Ouvi que Sammy Wanjiru caiu de um prédio outro dia. Ele tinha um problema com álcool, aquele lá.

O corredor dobrou a carta e colocou na gaveta junto com as outras não enviadas. O irmão dele estava morto, assassinado com a mulher e os filhos em um assalto; os intrusos mascarados ouviram falar do dinheiro do prêmio da maratona que estava sendo enviado para casa do Japão.

Do fim da tarde até o fim da noite, o mercado em Sendai fervilha de gente. Tudo que o corredor vê são os topos das cabeças com cabelos negros balançando ritmadamente. O corredor pensa em casa. Pensa no início de seu treino de corrida favorito — o *fartlek* — dois minutos correndo, um minuto parado. A multidão de corredores abrindo caminho e desviando uns dos outros como pessoas se apertando para passar pelas portas de um trem que estão fechando. Perto do fim, ele normalmente é a única pessoa correndo, e não tem nada à frente dele, apenas a estrada, e a sensação é um pouco a de entrar em comunhão com Deus.

■

Meu pai e eu estamos de carro na 99N. Ele está indo visitar uma tia doente em Cupertino e pedi para acompanhar.

Eu o convenci a me levar até a casa do pai do Paul em Fresno.

Através da janela, grande parte do campo falha em ter significado. Não consigo ler o verde, as estreitas trilhas de marrom. É arroz? Abacaxi? Cana-de-açúcar? Avisto tratores abandonados, não há ninguém, irrigadores automáticos lançando água, criando pequenos arco-íris em seu rastro. Por trás dos campos vejo um súbito relance de um azul muito profundo. Fico desconcertada com esse fato, mas não consigo afastar o olhar. Você não tem ideia de quanta água é necessária para produzir alimentos. O azul da veia é o azul profundo do mar, o azul profundo de algo ancestral.

—

Meu pai está dizendo algo. "Olhe todos esses tomates." Um caminhão vai chacoalhando com uma montanha de vegetais. Penso em como a pele fina do tomate cede e retém uma impressão do dedo quando você o aperta.

"É um monte de tomate", eu digo.

Ele faz que sim meneando a cabeça e logo há silêncio novamente. Se eu já estou sentindo um certo nervosismo sobre a visita, sei que ele deve estar se sentindo pior. Ele provavelmente quer saber se terá que fazer a visita comigo.

"Você tem sorte de sempre ter tido bons amigos", ele diz em mandarim. "Meu maior remorso na vida é que nunca fiz bons amigos. A vida é solitária sem um amigo. Consegue imaginar? A vida toda sem um amigo? Não confio nas pessoas. Quanto mais você cresce, mais tem a impressão de que todo mundo está tentando levar vantagem. Tentando emprestar dinheiro ou conseguir alguma coisa."

—

Maersk movimentando contêineres. Campo devastado pelo fogo. Cabeças de caminhão sem carga que parecem besouros decapitados de seus corpos.

—

"Se você ter dificuldade com amigo, problema solidão, definitivamente por causa velho pai. Sou meio má influência."

—

Ditch Witch. Novas zonas modernas de negócios. Sem camisa, sem sapato, sem problemas.

—

"Você sabe o que vai dizer para o pai de Paul? Quer ensaiar primeiro?"

"Pai. Isso não é vestibular."

"O que você vai dizer?"

"Vou dizer que lamento."

"Lamenta o quê?"

"Tudo."

—

Saímos da estrada e entramos em uma rua larga que se estreita até tornar-se de mão única. A rua vira um caminho de saibro entre duas fileiras de casas, uma alameda que passa pelo quintal de todo mundo. Piscinas infláveis. Bicicletas enferrujadas. Cachorros latindo. Vejo um imenso complexo se assomar à distância, um edifício branco e azul se desfazendo com estacionamento cheio de rachaduras de onde eclodem ervas daninhas. O símbolo de um chacra budista ainda é visível, em destaque acima da entrada principal. Acho que deve ter sido essa época em que Paul trabalhou como voluntário quando voltou para casa depois da formatura. Eu não tinha ideia de que ficava tão perto da casa dele. A impressão é que hoje ninguém frequenta o lugar.

O aplicativo do Google aconselha que a gente pare. Estamos estacionados diante de uma casa pequena, baixa, amarela, com o endereço pintado com tinta spray na sarjeta. No jardim não há nada, exceto um toco de árvore. O terreno todo fica alvejado com a luz do sol. Até a grama é branca. Meu pai desliga o carro.

"Pronta?"

"Não."

Ficamos sentados no carro quente. Sem o ar-condicionado, o sol é muito quente nos meus braços. Olho pela janela do carro, vejo as cortinas simples de renda emoldurando as janelas e imagino o que o pai de Paul estará fazendo neste instante. Vendo tevê? Lendo jornal? Onde estará a carta? Ele manteve o quarto de

Paul intacto, ou tudo vai estar empilhado em caixas, de qualquer jeito? É cruel fazer uma visita inusitada a um pai enlutado? Já me fiz todas essas perguntas antes, mas sigo sem saber o que fazer.

"É uma péssima ideia."

"Bom. Você decide."

Meu pai fricciona os dedos polegar e indicador. Ele está tentando conter o melhor que pode seu instinto de ficar no carro. Se eu fosse uma filha melhor, diria casualmente, Ei, pai, vai tomar um café. Volte em uma hora.

Eu andaria até a porta e tocaria a campainha, e aí o pai de Paul viria até a porta, de cara amarrada e cauteloso, mas eu me apresentaria e diria o que tenho de dizer. Ou talvez a gente sentasse na sala tomando chá, e aí eu diria o que me preparei para falar. Ele acenaria com a cabeça, ou reagiria com frieza, ou se animaria um pouco. Eu poderia pedir para ver a carta. Poderia dizer que o filho dele era amado por todos, mas seria mentira. Poderia dizer que eu amava o filho dele acima de tudo, mas também seria mentira. Poderia contar algo aleatório e alegre, falar de lembranças, mas sem causar muita tristeza. Eu poderia fazer tudo isso, mas sei que não vou fazer nada disso.

Meu pai liga o carro novamente e o ar-condicionado volta a funcionar. "Sem pressa para ir, só calor."

"Estou pronta para ir, na verdade."

"Agora?"

"Sim."

Ele suspira, mas não é um suspiro de alívio. Ele estende a mão até o retrovisor e pega o amuleto Guan Yin que mantém em seus carros.

"Você pode dar isso. É para abençoar. Dá para pedir desculpas com ele."

Seguro o pequeno amuleto de vidro na palma da mão e o impregno de significado. Então ando até o gramado alvejado pelo sol e deixo o amuleto no toco da árvore. As lágrimas não vêm, só aquele pensamento pulsante, persistente, desconfortável de que eu também devia morrer, de que morrer seria preferível a toda essa vergonha, todo esse peso.

O sol da tarde deixa o restante do caminho pesado. Olho através da janela do meu lado para não ser cegada. Filas de parreiras se embaralham no horizonte como raios de uma roda. Meus olhos seguem o movimento da esquerda para a direita, da esquerda para a direita.

E aí sorrio. É claro. É assim que o horizonte funciona. Quando você olha para o horizonte, todas as linhas culminam em um ponto. Mas, ao mudar de posição, todas as linhas culminam em outro ponto do horizonte. Os pontos no horizonte mudam o tempo todo. Tudo depende de onde você está.

▪

Hoje Louis e eu estamos almoçando juntos pela primeira vez desde o acontecido. Ele veio para uma visita rápida antes de começar a faculdade de direito no próximo semestre. Quero dizer que estou orgulhosa dele, e mantenho isso em mente.

Nos encontramos na esquina em frente a um café. Antes do abraço, acho que ele está me olhando de um jeito que parece de repulsa, embora, na verdade, apenas esteja sorrindo de um modo ambivalente. Talvez tenha se lembrado de algo odioso que represento. Talvez esteja lembrando que eu não estava lá, ou que eu tinha parado de falar com Paul. Mas aí Louis diz algo engraçado, e aí eu digo algo engraçado, e dizemos coisas engraçadas um para o outro até o fim da refeição. Tem novidades para ficar sabendo. Detalhes para arquivar, novas impressões para impressionar. Nada é dito sobre Paul.

Estamos sentados em um banco em um parque da vizinhança, comendo um donut caro, vendo uns caras jogarem basquete em meia quadra. Não sabemos o que fazer com o silêncio. Então digo que tenho que ir para casa porque preciso escrever um monte de coisas. Ele entende.

Ah, a propósito, digo. A carta. O que Paul escreveu? Louis sorri. Se prepare, ele diz. É uma citação de Nietzsche.

Não consigo evitar o riso. Tem coisas que não mudam nunca.

—

Quando nos despedimos, sabemos que, provavelmente, não vamos falar sobre Paul novamente por muito tempo.

Caminhamos até onde o carro está estacionado. O vento bate. Na minha cabeça, vejo os esquis do saltador flutuarem no alto levemente contra o vento enquanto luta para realinhá-los. Há um momento de tensão antes que aterrisse.

—

Em verdade, tinha uma meta Zaratustra, e lançou sua bola: agora sois os herdeiros de minha meta, amigos, e vos lanço a bola de ouro. Mais do que tudo, amigos, gosto de vos ver lançar a bola de ouro! Por isso me demoro ainda um pouco na terra: perdoai-me!*

---

* Friedrich Nietzsche, *Assim falou Zaratustra*. Trad. de Paulo César de Souza. São Paulo: Companhia das Letras, 2018.

Caro Louis:

Muito obrigada pelo e-mail. Espero que seu voo de retorno tenha sido agradável. Neste momento estou em Rodes, na Grécia. Minha pesquisa sobre Diágoras inicia-se em breve, mas por enquanto estou apenas me estabelecendo. Tirei uma semana para conhecer a cidade. Diariamente fui até o antigo porto, que oferece muitas oportunidades para tomar sorvete e nadar. Mas aí começa a greve. Durante cerca de uma hora por noite, as luzes da cidade se apagam. Parece que estamos nos tempos da guerra, quando calçadões inteiros à beira da praia tinham de ficar às escuras por receio de bombardeios. Essa situação é bem menos grave, mas, quando as luzes apagam, um silêncio se abate sobre tudo. Os trabalhadores do sindicato dos eletricitários estão em greve para protestar contra as medidas de austeridade do governo. Eu e os outros que ainda estão no programa de residência para escritores saímos de nossos quartos com velas dispostas em garrafas de água vazias. Sentamos nos degraus da casa que dão de frente para o oceano. O mar é tão próximo e ruidoso que nos mantém acordados à noite. Uma pesquisadora grega lamenta não poder escrever no escuro. Como os cirurgiões podem operar? Como os pilotos aterrissam na pista correta? E se alguém estiver morrendo? Para mim não fica claro de que lado ela está, mas isso se deve somente à minha ignorância. Não sei quem está do lado de quem. Diz que escritores e artistas perderam seus planos de saúde devido aos cortes. Não é uma barbárie, ela pergunta. Digo a ela que, nos Estados Unidos, apenas escritores com sorte suficiente para estarem ligados a uma universidade têm plano de saúde. Ela fica chocada, mas sugere que a culpa por isso ter acontecido é nossa. Por outro lado, dias antes, um escritor da Alemanha partiu por achar as acomodações da residência inadequadas. Quando chegamos, serviam café da manhã. Agora estamos sem manteiga, geleia, chá, café e aqueles pacotes de torradas secas. A máquina de lavar roupas quebrou, depois foi a lava-louças. Não há dinheiro para consertar a tela que ficava na janela e que rompeu, por isso os mosquitos invadem a casa. Uma escritora russa mais velha esfrega mentol nas picadas sem reclamar. Os funcionários da residência parecem tensos. Alguém relata que eles estão em suspense, com medo de perder o emprego.

Na praia não é evidente que há uma crise econômica em curso. As ondas vêm, sem recuar, uma depois da outra, chacoalhando o monte de pedras. Os turistas são gordos e brilham de óleo e suor. Guarda-sóis podem ser alugados. Em dias sem vento, quando a água azul está límpida e imóvel, dá para ver um reflexo incandescente de resíduo de protetor solar na superfície. Perguntam o tempo todo o que estou fazendo aqui. Uma das massagistas chinesas que caminha pela praia oferecendo seus serviços parou para conversar comigo. Não falo grego, e ela não falava inglês, por isso falamos em mandarim. Ela me perguntou como estavam as coisas nos Estados Unidos, e eu perguntei que idade tinham os filhos dela e o que faziam. E os negócios iam bem? Ela disse que no momento estavam felizes por causa dos turistas, se não fosse por isso eles estariam bem encrencados.

Estou feliz, acho, no meu quartinho com vista para o mar. Semana que vem começo minha pesquisa sobre Diágoras e os antigos atletas gregos, pois foi sobre o assunto que disse para a comissão de seleção da bolsa que ia escrever. Expliquei tudo no projeto — meu plano para "dissecar" e "reanimar" Diágoras de Rodes.

Em um breve resumo: Diágoras de Rodes foi um famoso boxeador e tema da sétima Ode Olímpica de Píndaro. Não só ele foi campeão, como dois de seus filhos também se tornaram campeões olímpicos. As filhas dele também se casaram com campeões olímpicos. Coletivamente, eles geraram mais campeões, que geraram mais campeões ainda. A família era tipo uma grande fábrica produtora de campeões. Não existiu um único perdedor na família toda. (Claramente, não tenho sobre o que escrever.)

Na Rodes moderna, em uma rotatória numa interseção entre três ruas, há uma estátua de Diágoras sendo carregado nos ombros por seus dois filhos. A estátua retrata o momento em que os dois filhos ganharam os Jogos Olímpicos, mas, em vez de erguer o troféu, carregaram o pai em torno do estádio para que o povo o aplaudisse. Os espectadores vibraram e jogaram coroas de flores. Diágoras tinha atingido aquilo que os gregos chamavam de *arete*. Eis ali um homem que era "o melhor que podia ser", um homem que atingiu o pináculo do potencial humano. E, como tinha finalmente atingido esse estágio, algumas pessoas no estádio concluíram que ele podia muito bem morrer, já que não restava nada mais para ele fazer. De acordo com alguns relatos, morreu ali mesmo naquele lugar. Conforme outros, viveu por muito tempo.

À tarde, quando saio para caminhar, vejo o nome de Diágoras em grafites em toda parte: em muros, calçadas, até mesmo em árvores. Deve ser o nome de um time de futebol. Ou de uma gangue de torcedores de futebol. Se não for isso, não sei explicar. Di-á-go-ras tem quatro sílabas, comprido demais para uma tag. E, no entanto, está lá, um sinal, um lembrete de que estou aqui para escrever sobre ele. Não estou aqui para ficar olhando para o oceano, observando as ondas.

Tento lembrar o motivo que eu tinha para querer vir para cá. Agora parece algo distante. Vim aqui para escrever sobre o quê? Suor? Campeões? Equipamento esportivo obscuro?

Ontem à noite, vendo o mar quebrar na praia por várias horas, fiquei fixada nas ondas, e, por algum motivo, essa fixação me levou a pensar na ciência das ondas, o que me fez pensar sobre ondas grandes, muito grandes. O que me fez querer explicações. Para fazer uma onda grande, o vento precisa empurrar ondas pequenas, inofensivas, para que se consolidem em ondas maiores, que devem continuar se consolidando até formar ondas gigantescas como montanhas. Às vezes essas grandes ondas viajam até a praia e quebram sem nenhum motivo. Não precisam ser disparadas por um terremoto. A quantidade certa de vento, velocidade, tempo e oceano bastam.

—

Olho para o mar plácido pela minha janela. Perto do horizonte, uma ondulação se aproxima da praia, escurecendo, ganhando velocidade.

FIM

Agradecimentos

Obrigada a: Kaya Press, Sunyoung Lee, Neelanjana Banerjee, Nneka Bennett, a Oficina para Escritores Asiático-Americanos, Lisa Chen, Andy Hsiao, David Larsen, Zadie Smith, Ed Park, Eugene Lim, Alexandra Kleeman, Ross Harris, Leah Finnegan, Jalylah Burrell, Trevor Soponis, Viet Nguyen, Sam White, Mike Krimper, Shelma Jun, Cameron Hu, Sasha Graybosch, Michelle Kim Hall.

Para minha família, com amor.

Fragmentos deste romance foram escritos no Blue Mountain Center e no Centro Internacional Rodes para Escritores e Tradutores. Grande parte foi escrita na Biblioteca Bobst e na Academia Coles.

Referências bibliográficas

AGASSI, Andre. *Open: An Autobiography*. Nova York: Vintage Books, 2010.

AMIDON, Stephen. *Something Like the Gods*. Nova York: Rodale, 2012.

AMIS, Martin. "Tennis Personalities". *The New Yorker*, 5 set. 1994.

ATANÁSIO. *The Life of Anthony*. Nova York: Harper Collins Spiritual Classics, 2006.

AURÉLIO, Marco. *Meditations*. Trad. de George Long. Mineola: Dover Thrift Editions, 1997.

BAKER, Alan. *The Secret History of Rome's Warrior Slaves*. Cambridge: Da Capo, 2002.

BARTHES, Roland. *The Eiffel Tower and Other Mythologies*. Trad. de Richard Howard. Berkeley/Los Angeles: University of California, 1997.

BARTHES, Roland; Hubert Aquin. *What is Sport?* Trad. de Richard Howard. New Haven/Londres: Yale University, 2007.

BAUDRILLARD, Jean. *America*. Nova York: Verso, 2010.

BELLOS, Alex. *Futebol: The Brazilian Way of Life*. Nova York: Bloomsbury USA, 2014.

BUFORD, Bill. *Among the Thugs: The Experience and the Seduction of Crowd Violence*. Nova York: Norton, 1992.

CAILLOIS, Roger. *Man, Play, and Games*. Urbana e Chicago: University of Illinois, 2001.

CALLEBAT, Louis. "The Modern Olympics and Their Model in Antiquity". *International Journal of the Classical Tradition*, v. 4, n. 4, pp. 555-66, 1998.

CAMUS, Albert. *The Myth of Sisyphus and Other Essays*. Trad. de Justin O'Brien. Nova York: Vintage, 1991.

CAZENEUVE, Brian. "Apolo Still Has His Edge". *Sports Illustrated*, v. 112, n. 8, pp. 42-7, 2010.

CLARKE, Liz. "Sister Acts: Former Tennis Star — Now an Anglican Dominican Nun — Andrea Jaeger". *Los Angeles Times*, 31 maio 2009.

"COMANECI Confirms Suicide Attempt, Magazine Says". *Los Angeles Times*, 19 fev. 1990.

CORKIL, Edan. "Better Late Than Never for Japan's First, 'Slowest' Olympian". *Japan Times*, 15 jul. 2012.

COYLE, Daniel. "That Which Does Not Kill me Makes me Stranger". *New York Times*, 5 fev. 2006.

CROUSE, Karen. "Another Try at the Cuba Swim, 32 years later". *New York Times*, 14 ago. 2010.

DILLON, Matthew. *Pilgrims and Pilgrimage in Ancient Greece*. Nova York: Routledge, 1997.

DREYFUS, Hubert; KELLY, Sean D. *All things Shining: Reading the Western Classics to Find Meaning in the Secular Age*. Nova York: Free, 2011.

DURKHEIM, Émile. *Suicide: A Study in Sociology*. Trad. de John A. Spaulding; George Simpson. Nova York: Free, 1979.

EPSTEIN, David. *The Sports Gene: Inside the Science of Extraordinary Athletic Performance*. Nova York: Current, 2013.

EXLEY, Frederick. *A Fan's Notes*. Nova York: Vintage Contemporaries Edition, 1988.

FIELD of Dreams. Dirigido por Phil Alden Robinson. 1989. Universal Studios. DVD.

FITZGERALD, F. Scott. *The Crack-up*. Nova York: New Directions, 1945.

FOX, John. *The Ball: Discovering the Object of the Game*. Nova York: Harper Perennial, 2012.

FRANCE, Peter. *Hermits: The Insights of Solitude*. Londres: St. Martin's, 1997.

FRANKFURT, Harry. "Freedom of the Will and the Concept of a Person". *The Journal of Philosophy*, v. 68, n. 1, pp. 5-20, 1971.

FREUD, Sigmund. *Beyond the Pleasure Principle*. Londres: WW Norton & Company, 1989.

GALEANO, Eduardo. *Soccer in Sun and Shadow*. Trad. de Mark Fried. Nova York: Nation Books, 2013.

GATES JR., Henry Louis. "Net Worth". *The New Yorker*, 1 jun. 1998.

GENT, Peter. *North Dallas Forty*. Nova York: William Morrow, 1973.

GLADWELL, Malcolm. "The Art of Failure". *The New Yorker*, 21 ago. 2000.

GUMBRECHT, Hans Ulrich. "Epiphany of Form: On the Beauty of Team Sports". *New Literary History*, v. 30, n. 2, *Cultural Inquiries*, pp. 351-72, 1999.

_____. *In Praise of Athletic Beauty*. Cambridge/Londres: Harvard University, 2006.

GUTTMANN, Allen. *From Ritual to Record: The Nature of Modern Sports*. Nova York: Columbia University, 2004.

_____. *Sports: The First Five Millennia*. Amherst: University of Massachusetts, 2007.

HADOT, Pierre. *Philosophy as a Way of Life: Spiritual Exercises from Socrates to Foucault*. Editado por Arnold I. Davidson. Malden: Blackwell, 1995.

HANDKE, Peter. *The Goalie's Anxiety at the Penalty Kick*. Nova York: Farrar, Straus and Giroux, 2007.

HARRIS, H. A. *Greek Athletes and Athletics*. Bloomington/Londres: University of Indiana, 1966.

HUIZINGA, Johan. *Homo Ludens: A Study of the Play Element in Culture*. Boston: Beacon, 1950.

HARVIE, Robin. *The Lure of Long Distances: Why We Run*. Londres: John Murray, 2011.

HYMAN, Mark. *Until it Hurts: America's Obsession With Youth Sports and How it Harms our Kids*. Boston: Beacon, 2009.

JUDT, Tony. *Ill Fares the Land*. Nova York: Penguin, 2010.

LARIMER, Tim. "The Agony of Defeat". *Time Magazine*, 2 out. 2000.

LEE, Adrian. "You Feel Lonely When it's Gone: World Superbike Champion Carl Fogarty on Retirement". *Daily Express*, 10 dez. 2014.

LEOPARDI, Giacomo. *Operette morali*. Trad., intr. e notas de Giovanni Cecchetti. Berkeley: University of California, 1982.

LIPSYTE, Robert. *An Accidental Sportswriter: A Memoir*. Nova York: Ecco, 2012.

_____. "Jocks vs. Pukes". *The Nation*, v. 293, n. 7-8, pp. 11-4, 2011.

"LIVE from Badwater and Badwater was awesome, blog reports by Deena Kastor, Crew Member for Five-Time Finisher Shannon Farar-Griefer." Disponível em: <http://www.badwater.com>.

MACUR, Juliet. *Cycle of Lies: The Fall of Lance Armstrong*. Nova York: Harper, 2014.

MAILER, Norman. *The Fight*. Nova York: Random House, 2013.

MATHEW, Shaj. "Why did Borges Hate Soccer?". *The New Republic*, 20 jun. 2014.

MCPHEE, John. *A Sense of Where You Are: Bill Bradley at Princeton*. Nova York: Farrar, Straus and Giroux, 1999.

MEAD, Rebecca. "A Man-child in Lotusland". *The New Yorker*, 20 maio 2002.

MERRON, Jeff; NEEL, Eric. "Curling up in bed alone, ESPN Page 2". Disponível em: <http://www.espn.com/page2/s/closer/020219.html>.

MILLER, Stephen. G. *Ancient Greek Athletics*. New Haven/Londres: Yale University, 2004.

MOCEANU, Dominique; WILLIAMS, Paul; WILLIAMS, Teri. *Off Balance*. Nova York: Simon and Schuster, 2012.

MORTIMER, Gavin. *The Great Swim*. Nova York: Walker Publishing Company, 2008.

MURAKAMI, Haruki. *What I Talk About When I Talk About Running*. Nova York: Vintage, 2009.

NADAL, Rafael; CARLIN, John. *Rafa*. Nova York: Hyperion, 2012.

NIETZSCHE, Friedrich. *Daybreak: Thoughts on the Prejudices of Morality*. Trad. de R. J. Hollingdale. Cambridge: Cambridge University, 1997.

_____. *The Portable Nietzsche*. Trad. de Walter Kauffman. Nova York: Penguin, 1954.

O COMITÊ Invisível. *The Coming Insurrection*. Los Angeles: Semiotexte, 2009.

OLIMPÍADAS de Tóquio. Dirigido por Kon Ichikawa. 1965. Criterion Collection. DVD.

OP, Richard Finn. *Asceticism in the Graeco-Roman World*. Cambridge: Cambridge University, 2009.

ORTEGA Y GASSET, José. "The Sportive Origins of the State". In: *Toward a Philosophy of History*. Urbana/Chicago: University of Illinois, 2002.

OSNOS, Evan. "Boom Doctor". *The New Yorker*, 11 out. 2010.

OWEN, David. "The Yips". *The New Yorker*, 26 maio 2014.

PHELPS, Michael; ABRAHAMSON, Alan. *No limits: The Will to Succeed*. Nova York: Free, 2009.

PÍNDARO. *The Complete Odes*. Trad. de Anthony Verity. Oxford: Oxford University, 2008.

QUANDO éramos reis. Dirigido por Leon Gast. 1996. Universal Studios Home Entertainment, 2002. DVD.

RADCLIFFE, Paula. *Paula: My Story So Far*. Sydney: Simon and Schuster, 2005.

RADIOLAB Podcast. "Lying to Ourselves". Temporada 4, Episódio 2.

RANKINE, Claudia. *Citizen*. Minneapolis: Graywolf, 2014.

RYAN, Joan. *Pretty Girls in Little Boxes: The Making and Breaking of Elite Gymnasts and Figure Skaters*. Nova York: Warner Books, 2000.

SANSONE, David. *Greek Athletics and the Genesis of Sport*. Oakland: University of California, 1992.

SARACENO, Joe. "Tyson: My Whole Life Has Been a Waste". *USA Today*, 13 jun. 2005.

SCHOPENHAUER, Arthur. *Suffering, Suicide, and Immortality: Eight Essays from the Parerga*. Edit. e trad. de T. Bailey Saunders. Nova York: Dover Philosophical Classics, 2006.

SEABROOK, John. "Born Slippy". *The New Yorker*, 12 jan. 1998.

SEARS, Edward S. *Running Through the Ages*. Jefferson: MacFarland & Company, 2008.

SERRES, Michel. *Variations on the Body*. Trad. de Randolph Burks. Minneapolis: Univocal, 2011.

SHAPTON, Leanne. *Swimming Studies*. Nova York: Blue Rider, 2012.

SHAW, Sam. "Run Like Fire Once More: Chasing Perfection at the World's Longest Footrace". *Harpers Magazine*, pp. 62-70, 2007.

SHIELDS, David. *The Body Politic: The Great American Sports Machine*. Lincoln: Bison Books, 2007.

SHIELS, Robert S. "The Fatalities at the Ibrox Disaster of 1902". *The Sports Historian*, v. 2, n. 18, pp. 148-55, 1998.

SOLOMON, Andrew. *The Noonday Demon: An Atlas Of Depression*. Nova York: Scribner, 2003.

STEWART, Heather. "The Man who Swam to China Floats to the Top of Global Banking". *The Guardian*, 26 jul. 2008.

SUITS, Bernard. *The Grasshopper: Games, Life and Utopia*. Toronto: University of Toronto, 1978.

TELANDER, Rick. *Heaven is a Playground*. Lincoln: Bison Books, 1995.

TOUSSAINT, Jean-Phillippe. "Zidane's Melancholy". *New Formations*, n. 62, pp. 12-5, 2007.

TRINTA anos esta noite. Dirigido por Louis Malle. 1963. Criterion Collection. DVD.

VIVE le tour. Dirigido por Louis Malle. 1962. Criterion Collection. DVD.

WALLACE, David Foster. "Roger Federer as Religious Experience". *New York Times Magazine*, 20 ago. 2006.

_____. "How Tracy Austin Broke my Heart". *Philadelphia Inquirer*, 30 ago. 1992.

WEBER, Eugen. "Pierre de Coubertin and the Introduction of Organized Sport in France". *Journal of Contemporary History*, v. 5, n. 2, pp. 3-26, 1970.

WEBER, Max. *The Protestant Ethic and the Spirit of Capitalism*. Trad. de Talcott Parsons. Londres/Nova York: Routledge Classics, 2002.

WEIL, Elizabeth. "Marathon Swimmer Diana Nyad Takes on Demons of the Sea". *New York Times Magazine*, 1 dez. 2011.

WIEDERMAN, Reeves. "Child's Play". *The New Yorker*, 2 jun. 2014.

_____. "Searching for the Perfect Athlete". *The New Yorker*, 31 jul. 2013.

Créditos das imagens

p. 26: Ibrox Stadium, depois do colapso de 1902. Wikipédia.

p. 34: Paula Newby-Fraser, "Chegando ao limite", Ironman do Havaí de 1995, still retirado de: <https://www.youtube.com/watch? v=g_utqeQALVE&t=7s>.

p. 37: Dia 6, esqui de cross-country, Olimpíadas de Vancouver de 2010, foto de Lars Baron. Bongarts/ GettyArchive.

pp. 68-9: Dorando Pietri, Olimpíadas de Londres de 1908.

p. 71: Kokichi Tsuburaya, Jogos de Tóquio de 1964, foto de Sankei. Sankei/ Getty Archive.

p. 99: Jim Peters, foto de Keystone. Getty/ Hulton Archive.

p. 143: Centro Schomburg para Pesquisa sobre Cultura Negra, Divisão de Manuscritos, Arquivos e Livros Raros, Biblioteca Pública de Nova York. "Representação de mulheres jogando o esporte egípcio feminino com bolas". Coleções Digitais da Biblioteca Pública de Nova York. 1844. Disponível em: <http://digitalcollections. nypl.org/items/510d47da-7316-a3d9e040-e00a18064a99>.

p. 145: Martina Navratilova e Andrea Jaeger se enfrentando. Final de Wimbledon de 1983, still retirado de: <https:// www.youtube.com/watch?v=yp5wo-W06tw>.

p. 147: Foto de Marie Chen.

pp. 159-60: Divisão de Artes, Gravuras e Fotografias Miriam e Ira D. Wallach: Coleção de Fotografias, Biblioteca Pública de Nova York. "18 jogadores (nove de cada lado) disputando o jogo americano do beisebol, como originalmente concebido e batizado, por Abner Doubleday...". Coleções Digitais da Biblioteca Pública de Nova York. Disponível em: <http://digitalcollections. nypl.org/items/510d47d9-c2ff-a3d9-e040e00a18064a99>.

p. 203: Detalhe de *La Divina Commedia di Dante* por Domenica di Michelino (1465).

p. 236: Divisão de Artes, Gravuras e Fotografias Miriam e Ira D. Wallach: Coleção de Fotografias, Biblioteca Pública de Nova York. "Salto de esqui no carnaval de Dartmouth". Coleções Digitais da Biblioteca Pública de Nova York. 1860-1920. Disponível em: <http://digitalcollections. nypl.org/items/510d47de-18a8-a3d9-e040e00a18064a99>.

So Many Olympic Exertions © Anelise Chen, 2017

Todos os direitos desta edição reservados à Todavia.

Venda proibida em Portugal.

Grafia atualizada segundo o Acordo Ortográfico da Língua
Portuguesa de 1990, que entrou em vigor no Brasil em 2009.

capa
Ana Heloisa Santiago
imagem de capa
Alisson Ricardo
tratamento de imagens
Carlos Mesquita
composição
Manu Vasconcelos
preparação
Luicy Caetano
revisão
Lvia Azevedo Lima
Ana Alvares

Dados Internacionais de Catalogação na Publicação (CIP)

——

Chen, Anelise (1985-)
Esforços olímpicos: Anelise Chen
Título original: *So Many Olympic Exertions*
Tradução: Rogerio W. Galindo
São Paulo: Todavia, 1ª ed., 2021
256 páginas

ISBN 978-65-5114-022-8

1. Literatura americana 2. Romance 3. Olimpíadas
I. Galindo, Rogerio W. II. Título

CDD 813

——

Índice para catálogo sistemático:
1. Literatura americana: Romance 813

todavia
Rua Luís Anhaia, 44
05433.020 São Paulo SP
T. 55 11. 3094 0500
www.todavialivros.com.br

fonte
Register*
papel
Munken print cream
80 g/m²
impressão
Geográfica